Diogenes Taschenbuch 23003

detebe

Joachim Ringelnatz

Meister-erzählungen

Diogenes

Der vorliegenden Ausgabe liegt zugrunde:
Joachim Ringelnatz,
Das Gesamtwerk in sieben Bänden,
herausgegeben von Walter Pape
Auswahl von Winfried Stephan
Umschlagillustration nach einem Filmplakat
von Josef Fenneker

100/98/24/1
ISBN 3 257 23003 6

Inhalt

Das Grau und das Rot

Wenn man es mit dem Vergleich nicht zu genau nahm, ließ sich sagen, daß die ohne Zwischenraum aneinandergereihten Gebäude hufeisenförmig einen ungepflasterten Hof umstanden, in dessen Mitte sich aus einer ovalen Buschanlage zwei ehrwürdige breitschattende Akazien entfalteten. Massige Grundmauern, vergitterte Fensteraugen mit verschnörkelten Augenbrauen darüber, eisenbeschlagene Torflügel mit komplizierten Schlössern und pfundschweren Schlüsseln priesen eine zurückliegende, mehr kunst- als gewinneifrige Zeit. Besonders der Turm schwärmte von ihr und seufzte und heulte bisweilen, wenn ihm der Mondschein verschlafene Erinnerungen brachte. Der verwitterte, zwiebelköpfige Turm hatte ja nichts weiter zu tun, als nachzudenken und eine mit vier Gesichtern begabte Uhr zu tragen, welche tagsüber die Dorfbewohner oder vorbeiziehende Handwerksburschen um ein Beträchtliches betrog. Aber es war bei diesen Baulichkeiten nicht alles im ersten Guß geblieben. Neuere und neueste Stilarten hatten angefügt, umgeändert oder Zerstörtes ergänzt und dadurch noch mehr Abwechselung in die Konturen und Farben des Bildes geprägt. Auch war die Harmonie nicht gestört, denn die früheren Häupter des Fürstenhauses hatten Geschmack besessen, und der letzte Herr scheute wenigstens keine Kosten, um tüchtige Architekten von Ruf anzustellen. Wenn die Fenstersimse und die Brüstung der Terrasse von Rosenstöcken und hängenden Nelken illuminiert waren, oder wenn rote und gelbe Weinblätter an den Säulen, den Erkern hochkletterten, auch in den Monaten, da die Turmzwiebel drohende Schneeklumpen auf die Oberfenster der Veranda polterte und die entlaubten Akazien den pantomimischen Fensterverkehr zwischen Hauslehrer östliche Hufeisenfront einerseits und Küchenmädchen westliche Hufeisenfront andererseits freigaben; oder wenn sich das letzte Winterliche kläglich von den Dächern weinte, – immer bot die Reihe von Gebäuden eine malerische, stattliche Ansicht vornehmer Wohlhabenheit.

Die Menschen, die, in den Dienst des Fürsten tretend, als Neulinge dorthin kamen, wurden angesichts der kunstvollen Eleganz, der unentwirrbar verschlungenen Gänge und Treppen sowie anderer Auffälligkeiten befangen oder begeistert. Aber derartige Eindrücke vergaßen sie bald und gewöhnten sich in ein Dasein, das zwischen Müdigkeit und Müdigkeit nur Mühe, Ärger und kleinliche Streitigkeiten wies.

So mußte es zugehen in einem umfangreichen Betriebe, an dessen Spitze selbstsüchtiger Fleiß und höfliche Rücksichtslosigkeit peitschten.

An den westlichen Hufeisenpol war ein einzelner, viereckiger Bau angeschenkelt, der die offene Seite des Akazienplatzes schräg zur Hälfte schloß und einer riesigen steinernen Truhe nicht unähnlich sah. Hochangebrachte, schmale Fensterchen, plumpe Riegel und sonstige Kennzeichen bestätigten die Tradition, daß er vor Jahren der hochritterlichen Malteserkommende als Pferdestall genutzt hatte. Zu anderer Bestimmung hielten jetzt seine dicken Mauern einen hohlhallenden, stickluftigen Saal warm, der an drei Seiten vom Fußboden bis zur Decke mit Regalen bekleidet war, die nur die kleinen Fensterchen freiließen und von einer rundumführenden Galerie unterbrochen wurden, zu der eine merkwürdig geschweifte, eiserne Treppe führte.

Die Fächer der Repositorien knarrten mitunter, wie eigenwillig, unter der Last wohlgeordneter Aktenbündel, deren Erkennungszettel übereinander und nebeneinander lange Reihen bildeten und schnurrig beschriebenen Grabsteinen glichen. Ein ausgedehnter Tisch und wenige Stühle standen unverrückbar inmitten des Raumes, und sonst befand sich, außer zwei stetig wandernden Klappleitern, kein anderer hervorragender Gegenstand in dieser Halle, wo Staub und Spinnweb alle Dinge zu einer garstigen ungefähr grauen Färbung ausgeglichen hatten.

In die vierte Seite der Truhe war nachträglich ein umfangreiches, gotisches Fenster eingerichtet worden, von welchem die Sage behauptete, daß es mitunter geputzt würde. Nach Sonnenuntergang, wenn zwei flackernde Halbmonde über den Gashähnen das Büro unheimlich beleuchteten, warf das gotische Fenster einen schiefen Lichtfleck in einen tiefschwarzen, verwahrlosten Winkelhof, den nur selten jemand betrat, es wäre denn ein Küchenjunge, welcher Abfälle in die Kehrichttonne schütten oder ein Huhn darüber rupfen wollte oder der taube Tschemulke, der einen ratternden Handkarren dort abstellte. Diese Leute mochten zuweilen einen langen oder zwei kürzere Schatten über den Lichtfleck huschen sehen und an den Rentmeister und seine beiden Lehrlinge erinnert werden; und Gott weiß, ob sie dabei nicht etwas wie eine Gänsehaut empfanden. Denn im Schlosse gab es keinen Menschen, der gern an diese drei gedacht hätte, geschweige denn mit ihnen zusammengetroffen wäre.

Und was war der Grund dafür? Keine Feindseligkeit. Der hagere, lederfarbige, grauhaarige Aktuar, Archivar, Rentmeister – oder wie, zum Teufel, er sich und man ihn nennen wollte, konnte oder durfte –, der sich um nichts als um seine Arbeit kümmerte, und die zwei von dem unerschütterlichen Ernst ihres Chefs eingeschüchterten und angesteckten Lehrjungen, die so sparsam behost, so dünn angezogen waren und deren blasse Gesichter sich nur durch eine Nasenwarze bei Max und keine Nasenwarze bei Fiedl unterschieden – diese drei Personen taten niemandem etwas zuleide und erweckten allgemein in erster Linie nur überlegen lächelndes Bedauern. Aber es war, als ob von ihnen etwas Lähmendes, Lebenswidriges, Arbeitsbitteres ausging, dem sich alle nach Möglichkeit, bewußt oder instinktiv, entzogen; so, wie man einer anwidernden aber gerechtfertigten Szene, etwa der Ausbaggerung einer Schlammgrube ausweicht. Kurz gefaßt: Dem Aktuar lebten weder Feinde noch Freunde, und man mied ihn. Man mied das graue Büro, wo ewig kreischende Federn und gekrümmte Rücken von schäbigem Tuch jede froh gedachte Rede zurückscheuchten, wo wichtig steigende oder niedergehende Tritte auf schütternden Leitern Ungestörtsein erheischten und die Aktenstöße, dumpf auf den Tisch schlagend, unzählige sichtbare Stäubchen aufjagten, die durch den Saal kreisten, wie ein Feldhühnerschwarm, um sich endlich irgendwo aufs neue niederzulassen. Das graugraue Büro, in welchem so unruhige, verwirrende Formeln ihr Wesen trieben, wie zum Beispiel: Räumung der Auenluschen – *Acta manualia* betreffend Laudemial-Grundstücke – Dienstabgeltungsrezesse – Königliche Regierungs-Rekognition über eben abgeführte Bernburger Brauurbarsgelder – Kalkulaturberichte – Unbefugtes Branntweinschenken – oder: *Acta* betreffend Einrichtung eines Glasschrankes im Rauchzimmer Seiner Durchlaucht. –

Das totgraue Büro, wo trotz mancher Geräusche doch immer ein hoffnungsloses Schweigen zu herrschen schien. Selbst der Fürst floh diese Stätte. Eine Kontrolle des Aktuars erübrigte sich, denn dieser war – wirklich, er war unfehlbar wie der liebe Gott, und was ihm der Fürst zu befehlen geruhte, das brachte er vormittags zehn Uhr an, wenn sich die höheren Beamten zur Konferenz in seinem Schlafzimmer versammelten.

Gewöhnlich war er schon wach, hatte wohl auch bereits mit dem Thema »Lärm, Schmutz und Unpünktlichkeit« einen Diener in die Unbehaglichkeit geheuchelter Zerknirschung getrieben, immerhin mit höflichen Worten, denn diese bewahrte der Fürst in allen Situationen. Während Durchlaucht sich nun böse gähnend entnachthemdete, zählte sein Sekretär eine Unmenge von Haushaltssorgen auf, und in dem Augenblick, da das über den Kopf gestreifte Schlafgewand die gefürchteten Augen verdeckte, wechselten die umstehenden Beamten einen bedeutenden Blick aus ahnungsbangem Galgenhumor. Darauf huben die Inspektoren an zu berichten, zu entschuldigen und erbaten Befehle und empfingen unverkennbar versteckte Vorwürfe, weil der Fürst bei der letzten Revisionsfahrt Mäuseflecken im Klee entdeckt oder weil er herausbekommen, daß ein galizischer Tagelöhner auf einem der Güter einen Spaten gestohlen hatte. Ob das Mittelbeet im Westpark jetzt zur Viehweide diene, wandte er sich unversehens an den Obergärtner und stieg dabei so heftig in die Unterbeinkleider, als ob er aus jedem Hosenbein ein Ungeheuer heraustreten wollte. Nachdem unterbrach er den Rapport des Oberförsters und prustete ins Waschbecken hinein: ein Hirsch sei aber eigentlich kein Kaninchen. Und erschrak selbst dermaßen über die Tonart seiner Stimme, daß ihm der Schwamm entrollte, worauf sämtliche Herren zur Erde hasteten und, statt den Schwamm einzufangen, den Wasserkrug umwarfen. – – Bei den Konferenzen ging es stets ereignisvoll und lebhaft zu.

Der lederfarbige Aktuar stand indessen kerzengerade vor seinem Vorgesetzten, dem er vor Jahren Pappsoldaten gemalt und ausgeschnitten hatte, machte stenographische Notizen auf Papiermanschetten und bekräftigte je fünf fürstliche Worte durch ein mit Ruhe und Anstand entwaffnendes »Jawohl, Durchlaucht, sehr wohl!«

»Haben Sie die Präzipualleistungen für die Pflaumenallee ausgezogen?«

»Jawohl, Durchlaucht, sehr wohl!«

»Haben Sie – – –«

»Jawohl, Durchlaucht, sehr wohl!« O, der hatte alles erledigt. Und der Fürst erteilte ihm mit zitternden Phrasen neue Aufträge, mehr als bisher, jedesmal mehr als bisher. Er sagte: »Es ist gut, mein lieber Aktuar; ich danke Ihnen für heute verbindlichst.« Und empfand dabei etwas Unerträgliches, kalt oder heiß oder erstickend; das war Haß gegen seinen Angestellten, der ihm und weil er ihm seit neunzehn Jahren untadelhaft diente und den er mit Rücksicht darauf, daß er auch dem fürstlichen Vater lange treu ergeben war, niemals würde entlassen können.

Der Aktuar eilte mit hackenden, langspannigen Schritten hinunter, zur Truhe, wo Max und Fiedl ihn bereits in gedämpfter Aufregung erwarteten und nun wie hungrige Pelikane nach den übergebenen Papieren und Aufträgen schnappten.

Es lag mehr vor als bisher, und – sozusagen – der Aktuar heizte den Blassen entsprechend ein, daß sie in Hitze, in Glut gerieten und gleich Schnellzugslokomotiven zu arbeiten anfingen. Akten wurden eingeheftet und in die numerierten Gräber der Repositorien geborgen oder aus denselben herausgezerrt, daß der alte Staub wieder aufwirbelte und die Lungen kitzelte, bis das Hüsteln kam. Die Leitern klapperten und rückten, die Tritte auf den Sprossen schurrten stoßweise aufwärts und abwärts. Die Federn kreischten, und unfreundliche Worte und Zahlen durchschnitten die Halle. Das war alles nötig, um das fürstliche Archiv und die Geldgeschäfte der Güter, der industriellen Anlagen, Ziegel- und Spiritusbrennereien, der Forst- und Landwirtschaft und mehr dergleichen zu verwalten.

»Max, suchen Sie die Robot und Zinsbeschwerden betreffend die Scholtiseien zu Föhring und Hinwitz hervor!« »Fiedl, was sollen die Hebammengebühren unter den politischen Materien? Willst du wohl – –«

Im Zustande von Unzufriedenheit redete der Rentmeister seine Lehrlinge mit »Du« an und beim äußersten, in sanft vulkanischen Augenblicken, schlug er einen oder den andern zweimal mit dem Hornlineal auf den Hosenflick, worauf ihn meist eine Staubwolke zum Niesen zwang. Dann hauchte der Getroffene schüchtern: »Zur Gesundheit, Herr Rentmeister«, dieser brummte etwas Unverständliches, und damit war der graue Normalzustand wieder hergestellt.

Frühstücks- und Mittagspause wurden von nervöser Pünktlichkeit abgeschliffen und am Tagesende, um 7 Uhr, wünschte der Aktuar seinen Jungen »Gutenacht«, nachdem er sie noch ein Dutzendmal ermahnt hatte, alles Verschließbare, auch die Patronatssachen, auch die Lorkeschen Prozeßakten, ordentlich zu verschließen und die Gashähne ganz umzudrehen und ja noch die Schafhütungs-Gerechtigkeit des Dominii Kolbitsch einzuheften und die Briefschaften richtig in den Postkasten zu werfen und den Papierkorb noch auszuleeren und die Mausefalle aufzustellen und – –

Wie gesagt, er wünschte Gutenacht, aber erst nachdem er schon halb zur Tür hinaus war und auch nur ganz undeutlich, weil er besorgte, durch freundliche Worte an Reputation einzubüßen.

Und ging hölzern über den lichtgestreiften Akazienhof, durch ein Pförtchen, drei Stiegen hoch in sein zweizimmeriges Heim, wo er ebenso bedächtig als gründlich seiner Abendmahlzeit oblag, die ihm ein nur zu Weihnachten sichtbarer Schloßdiener dort aufgetischt hatte.

Aber der Archivar kehrte, müde, noch einmal zur Truhe zurück, überzeugte sich davon, daß Max und Fiedl seine Befehle vollkommen ausgeführt hatten und las oder schrieb, zur Erholung, eine Stunde, später anderthalb Stunden, angestrengt für sich allein.

Wenn er dann wiederum den nächtlichen Platz querte, überraschte es ihn nicht, aus gewissen Richtungen Gelächter oder Bruchteile von Musik zu vernehmen. Die Periode, da er solchen Verlockungen gefolgt war, lag weit zurück.

Er verriegelte gewissenhaft doppelt seine Zimmertür, entzündete vorsichtig die Lampe, entkleidete sich, stieg mit einem Band Gartenlaube ins Bett, blies schnell die Lampe aus und – wahrscheinlich entschlief er sogleich, schlief bis morgens 5 Uhr 35 Minuten.

Manche Wahrnehmungen der Nachbarsleute sprachen dafür, daß er unruhig träumte und in seines Schlafes Phantasien alle die schweren Sorgen teilte, welche das fürstliche Haus wachsend bedrückten und noch mehr bedrohten, obwohl der Fürst Fleiß und einige andere löbliche Eigenschaften betätigte.

Zurückverfolgt sahen die 7075 Tage, welche der Aktuar seit dem Tode des alten im Dienste des neuen Fürsten verbracht hatte, einander trübselig ähnlich, aber wenn man Anfang und Ende dieser Zeitkette miteinander verglich, dann erwies sich hell, wieviel an Überbürdung, Enttäuschung und Bitterkeit nach und nach jenes Leben verfärbt hatte.

»Er war«, erzählte der Fürst, »das einzige Kind eines ganz armen Müllers, der mit seiner siechen Frau im Föhringer Erlenwäldchen eine halb zerfallene, strohgedeckte Mühle betrieb. Der Sohn sollte ihrem Wunsche nach eigentlich Kunstmaler werden, weil er Gänse erkennbar abzeichnen konnte. Und als die Eltern plötzlich rasch hintereinander starben und ihr Grundstück dadurch kontraktmäßig meinem Vater zufiel, nahm sich dieser der hilflosen Waise an und engagierte den damals noch sehr jungen Mann als Aktenverwalter. – – Ja – ja – Kunstmaler –«

Der Erzähler räusperte sich wie belustigt, und als das bei

seinen Gästen keine sonderliche Wirkung hervorbrachte, lief er auf einmal aus dem Zimmer, angeblich um einen Schongauerschen Kupferstich zu holen, den er kürzlich erstanden hatte. Denn der Fürst war leidenschaftlicher Sammler von Kupferstichen, Vasen, Medaillen und anderem. Er war übrigens auch leidenschaftlicher Spieler und – –

Aber nun vergaß er den Kupferstich und dachte wieder über den unveränderlichen Rentmeister nach, der schier unmögliche Leistungen – quantitativ, natürlich nur quantitativ betrachtet – zustande brachte.

Aber hatte Mademoiselle im Grunde nicht doch unrecht, wenn sie ihn einen devoten Schmeichler hieß?

Warum hätte der Aktuar schmeicheln sollen, da er seine Pflicht ganz und willig erfüllte und, ohne Zweifel, nicht den geringsten unbefriedigten Wunsch hegte. Er war auch nicht devot – nein – nur geziemend anständig, ergeben, treu, rücksichtsvoll. Ihm fehlte keineswegs Ehrgefühl; er würde auf ein beleidigendes Wort hin sofort »gegangen« sein; man mußte sich in dieser Beziehung vorsehen. Ja eigentlich – eigentlich war der Aktuar ein viel besserer – –

Da wurde der Fürst abgerufen und eilte mißgestimmt nach dem Schlafzimmer seiner ältesten Tochter, wo ihn der Arzt erwartete.

Es verhielt sich nicht so, daß dem Aktuar die wahre Gesinnung seines Fürsten entging. Auch täuschten sich alle, so die Meinung hegten, der Rentmeister wäre in seine Akten verliebt und gegen alles andere gleichgültig.

In der späten stillen Arbeitszeit nach dem Abendbrot, wenn kein zweiter zugegen war, welcher der Beobachtung bedurfte oder Beobachtung fürchten ließ, geschah es bisweilen, daß etwas im Innern des Aktuars aufstand und ganz leise, allmählich lauter, zuletzt gewaltig an die Wände einer vom Leben umhärteten, liebefremden Seele klopfte.

Der einsame Mann blätterte, zur Erholung, in den ehrwürdigen schweinsledergebundenen Akten der Malteser-Ritter, in den Journalen, Urbarien und Schöppenbüchern, freute sich oder erstaunte aufrichtig über die vorteilhafte Genauigkeit, mit der sie geführt waren, über die sauberen, ziervoll verschnörkelten Handschriften der emsigen Mönche und über das vortreffliche Lumpenpapier. Dann schüttelte er, mühsam entziffernd und in rührend ungeschickt verhehlter Halbwissenheit gelegentlich sein Haupt wegen der närrischen Orthographie oder der geschwollenen Titulaturen. Und begrub die Papiere in das Fach *PX* Numero so und so viel und las ein anderes Heft.

Acta in Untersuchungs-Sachen wegen dem am 8. Januar 1797 im Backofen totgefundenen Hospitaliten Johann George Guettler.

Der Archivar schob das Buch hart von sich und murmelte halblaut: »Es ist kein Herz darin.«

Durch Für und Wider verdeutlichte er sich in Gedanken, wie die Mönche alles so schön, zuverlässig und übersichtlich notiert hatten, weil die Uhr sie nicht hetzte, wie aber nichts darauf hindeutete, daß sie sich einmal über eine Nachtigall oder die knorrigen Akazien gefreut hätten, daß sie etwa gern Muskatwein tranken und – wenn sie ihn getrunken hatten – sich hinaus, hinweg wünschten, zu lustigen Freunden oder um ein Mädchen singen zu hören.

Manchmal erwachte in dem Rentmeister auch jene Neigung zum Zeichnen, welche seiner Jugend so viel Kurzweil und Anerkennung verschafft hatte, jenes warme Vergnügen an unbestimmbaren Farben oder Formen. Er entdeckte, wie anmutig in ihrer einfachen unsymmetrischen Bauweise die eiserne Galerietreppe wirkte; oder seine Feder, welche Zahlen betreffend Nutz- und Schirrholz addierte, irrte plötzlich ab, aufs Löschblatt, wo sie verfallene Mühlen mit Strohdächern und Erlenbüschen zu bilden begann. Bis der Archivar es inne ward, wie ein ertappter Schuljunge zusammenzuckte und dann um so beschleunigter weiteraddierte.

Was die letzten Regungen unterdrückter Sehnsucht in ihm erstickte, was sein Leben so gleichmäßig geformt und so grau gestrichen hatte, war vornehmer Pflichteifer, anhängliche Gutmütigkeit, energieloser Pessimismus, aber gewiß noch manches andere Unerkennbare. Denn wir Menschen haben keine Schlüssel zu den tiefsten Ursachen der Dinge, höchstens unvollkommene Dietriche.

Unversehens trat etwas Neues, Revolutionäres in das Dasein des Rentmeisters. Niemand ahnte, wo und wie es sich eingeschlichen hatte. War der Fürst zum erstenmal unzufrieden gewesen? Gab ein Streit, ein Brief oder ein belauschtes Gespräch dem Rentmeister zu denken? Jedenfalls hatte sich dieser einen neuen Federhalter angeschafft und bekam eines Tages, mitten in der Bürozeit Nasenbluten. Andermal fand der unsichtbare Schloßdiener morgens in der Schlafstube des Rentmeisters eine leere Muskatweinflasche und was des Ungewöhnlichen mehr war. Solche Anzeichen einer Veränderung wurden jedoch nur der nächsten Umgebung erkennbar.

Weniger bedurfte es, um zu bemerken, was außerhalb der Truhe im Schlosse vor sich ging.

Und es stand schlimm.

Wer das noch nicht wußte oder sah, der hörte es auf Korridoren, in den Dienerstuben, im Dorfe oder nachts bei geheimer Liebschaft, und wem so die Augen geöffnet waren, der lieferte die Geschichte, um ein Geringes vermehrt, baldmöglichst weiter, denn man traf sich dabei wie zu einem angenehm fesselnden Theaterstück.

Und während die Postmeistersfrau sich im Dunkeln auf der Kellertreppe eine Rippe zerbrach, als sie den Kellermeister schnellstens benachrichtigen wollte, daß der Hauslehrer nun wohl die Küchengertrud heiraten müßte, saß der Archivar, in der Gasbeleuchtung an Farbe wie eine Leiche, lesend über ein Buch gebeugt, dessen Seiten vergilbt und stockfleckig, jedoch durch unverkennbares Alter geadelt waren.

Des Hoch Ritterlichen Ambtes der Commenda Geldt Bier Undt Brandtwein Haubt Rayttungk; über Einnahme Undt Außgaab Auff Ein Jahr. Undt zwar, Vom Ersten Mayus 1717 bis lezten Aprilis Ao 1718. – –

Es folgten trockene Worte und Ziffern über verschiedene –

»Da!« – Der Archivar legte die Hände an die Wangen und etwas Starres trat in seinen Blick. Da, auf Pagina 117 leuchtete ein roter Klecks, mehr denn die Hälfte der Seite einnehmend. –

Rote Tinte oder Blut? erwog ein Zweifel im Gehirn des Rentmeisters. Der erregte Mann war sich nicht klar darüber; er verstand sich nicht darauf; er roch auch nichts. Aber er fieberte, indem er vielmals die Gedanken Blut und Tinte wechselte.

Vielleicht war es Blut. Vielleicht war hier einmal ein Zeichen von innerem Leben, von außerberuflichem Gefühl, von Weichheit. Vielleicht war das Kundschaft von einem Menschen, der gelitten hatte wie er, der Archivar, und mehr Entschlossenheit besaß als er, der fürstliche Aktuar.

Mönchsblut. Gewißlich war es Malteserblut.

Der Fleck hatte nahezu die Gestalt eines Herzens; nur der linke Bogen fehlte, und der Rentmeister ergänzte das Fehlende durch eine unsichtbare Linie mit der Fingerspitze.

Dann schlug die Turmuhr zwölf schwermütige Schläge; also war es elf Uhr.

»Es liegt etwas in der Luft«, sagte der Koch, die Tomatensuppe quirlend, und andere Leute im Schlosse sprachen das gleiche aus. Max und Fiedl, die niemals zu äußern wagten, dachten nichtsdestoweniger ebenso; und alle hatten ein wenig recht.

Den Rentmeister mußte wohl etwas Närrisches überkommen sein; denn da er die Truhe mit dem üblichen Gutenachtgebrumm verlassen und den Akazienplatz bereits halb durchquert hatte, drehte er sich plötzlich in komisch kühner Schwenkung auf dem Absatz herum und lenkte seine gigantischen Schritte nach dem Winkelhof, wo er sich in den Lichtfleck stellte, ein griesgrämiges Gesicht gegen die verschmutzte Scheibe des Bürofensters drückte und – von Überraschung in unbewegte Haltung gebannt – längere Zeit überschaute, was die Lehrlinge trieben.

Max und Fiedl, die beiden blassen Jungen, standen, nein, tanzten mitten auf dem Tisch. Sie sangen, sie lachten; der Rentmeister hörte es nicht, aber er sah es. Sie hatten rote Wangen, leuchtende Augen, und sie tanzten, sie tanzten auf dem Tisch über die annullierte Grenzregulierung und den neuen Appellationsbericht hinweg. Und begannen nun aus unzähligen Taschen ihrer kümmerlichen Kleider unzählige Paketchen herauszufischen und die Paketchen zu entwikkeln – knitterte es nicht? – worauf Gurken, Leberwurst, Brot, Butter, Schokoladenstangen und Zigaretten zum Vorschein kamen. Und dann aßen, fraßen die Jungen drauflos, kauten mit vollen Backen – –.

»Ach, du lieber Gott!«

Der Archivar entfernte sich zögernd vom Fenster. Er sah derweilen höchst bemitleidenswert aus, ungefähr so wie ein Bettler, der einen schmerzhaften Schlag erhalten hat.

Fiedl und Max erschraken nicht wenig, als er dann unverhofft im grauen Büro erschien. Wie war das Rot auf ihren Wangen, das Leuchten in den Augen mit eins verschwunden. Aber hinterher priesen sich die Schuldigen noch sehr zufrieden, weil sich nicht mehr ereignet hatte als pro Mann einen gelinden Klaps mit dem Hornlineal auf den Hosenflick, und daß der Herr Rentmeister an jenem Abend kein einziges Wörtchen gesprochen hatte, auch in der Folge niemals auf jenes Vergehen zurückkam. –

Alles ging im gewohnten Geleise, teils abwärts, teils eben dahin.

Der Archivar hatte wieder seine ernste Beherrschung gefunden, und wenn er auch zwischen Akten, Tinte und Pflichten sich häufig in beharrliche Grübeleien verirrte, die den roten Fleck, die Lehrlinge und eine zerfallene Mühle umfaßten, so hatte er doch, wie gesagt, seine ernste Beherrschung gefunden.

Ein Tag passierte, da aus irgendwelchen Ursachen die Zehnuhrkonferenz besonders stürmisch verlief und an welchem im Schlosse, wo immer es war, Begegnende einander bedeutungsvoll zuwinkten: »Hu, ganz verwünschte Laune heute!«

Fürwahr, es ging widerwärtig in der Welt zu. Draußen rieselte unaufhörlicher Regen. Und der zweite Diener trug beim Servieren eine unglaublich schmierige Weste. Und es war logisch, wenn auch nicht juristisch offenbar, daß der Knecht Hadamus die Klinksdorfer Scheune angezündet hatte. Und die Fürstin schien von dem Besuch bei Mademoiselle Wind bekommen zu haben. Und die Klagen über den Koch Meßberger nahmen kein Ende. O die Welt war eitel Niedertracht.

Die Kerze, welche neben dem fürstlichen Diwan auf einem Journalständer brannte, hob flackernd bald »noch immer unbeantwortete« Briefe, bald schreckende Zahlen, bald wieder unausstehliche Porträts großzügiger, edler, gütiger Menschen hervor. Der Fürst löschte die Kerze; es half nichts. Lärmend schlug der Regen auf das Fensterblech. –

Was nützte es, ihm noch mehr aufzuhalsen... Jawohl, Durchlaucht, sehr wohl. –

Und er, nur er, wäre vielleicht noch imstande gewesen, den verfahrenen Karren aus dem Dreck zu ziehen. O ho! Sollte sich der Fürst vor einem Müllersohne beugen? Nein, ihn fassen, ertappen, beschämen! Denn er war doch ein Heuchler, ein Duckmäuser, ein Schmeichler.

Kurze Zeit nachdem stand der Fürst – er war ungesehen auf selten betretenen Schlupfwegen dorthin gelangt – in dem Lichtfleck auf dem Winkelhof unterm strömenden Regen, lehnte ein scheußlich frohlockendes Gesicht gegen die kalte

Fensterscheibe und sah in Unbeweglichkeit gebannt, was der Rentmeister trieb.

Der Rentmeister, der selbstbewußte, bitterstrenge Herr, trieb Allotria, trieb kindische Spielereien, während alle im Schlosse glaubten, er arbeite noch so spät. Haha! Der Aktuar kniete auf dem Fußboden und amüsierte sich damit, seine linke Hand mittels eines Bindfadens an das Tischbein zu binden. Zweimal ums Handgelenk und zweimal ums Tischbein herum und dann nochmals so.

Daneben, auf der Diele, lag ein aufgeschlagenes Aktenheft, und den scharfen Blicken des Beobachters entging nicht, daß es gröblich mit Tinte besudelt war.

Schämte sich der grauhaarige Kerl denn gar nicht ob solcher Torheiten? Nein, er kicherte fortgesetzt vor sich hin – man hörte es nicht, aber man sah es. Er verknotete den Bindfaden über der Fesselung und ergriff mit der Rechten ein Radiermesser, um die über den Knoten hinausragenden Enden der Schnur pedantisch abzuschneiden und kicherte und redete dabei; vielleicht war der Aktuar betrunken. Um Himmels willen, was tat er denn jetzt! –

Der Fürst sprang zurück, lief rasch aus dem Winkelhof hinaus und um die Ecke herum.

Als er in die Truhe stürzte, war der Aktuar vornübergefallen, hing mit dem linken Arm am Tischfuß, und dieser Arm war über und über mit Blut beflossen.

Der Archivar rollte in weit aufgerissenen Augen ein Paar gräßlich stierende Pupillen, und die bluttriefenden Finger seiner rechten Hand kratzten mit unbegreiflicher Anstrengung an einem roten Klecks in dem Aktenbuch, welches ihm zur Seite lag.

»Den linken Bogen –« stammelte er einmal und nochmals mit entsetzlicher, fremder, gleichsam weit entfernt klingender Stimme.

Was Seine Durchlaucht der Fürst auch anstellte, er brachte nicht mehr aus dem Sterbenden heraus.

Auf der Straße ohne Häuser

Die Landstraße entlang lief mit äußerster, atemraubender Hast in einem Kleide aus blauem Taft ein schönes Mädchen. Das war die Tochter eines strengen, rechtschaffenen, geachteten und reichen Mannes. Sie bedachte weder den Staub noch die Hindernisse des Weges; es kam vor, daß sie über einen Stein hinfiel und ein andermal gegen einen Pfahl rannte, die sie beide nicht gesehen hatte, obwohl sie nicht blind war. Auch empfand sie keinen Schmerz von dem Anprall und weinte doch unaufhörlich, wimmerte laut und stammelte angstverwirrte Gebete.

Ihr Ziel war ein beträchtlich entfernter Teich. Dort wollte sie sich und ein ungeborenes Menschenkind ertränken.

Es wehte kalt auf der herbstlichen, trockenen Landstraße. In vornehm gemäßigter Eile schritten zwei Damen dahin, begleitet von einem Offizier, der wohl der Gatte der einen, der Vater der anderen sein mochte.

Der kindische Ton einer Hupe bewog sie, zur Seite zu treten; und ein Gefährt überholte sie, ein graues Automobil, in dem eine graue Mumie hockte. Es raste vorüber, zwei häßliche Schweife schwelenden Rauches nachziehend, und verschwand auf der Höhe des Weges in einer Wolke wirbelnden Staubes. Einmal erklang noch das lächerliche Hupensignal, gleich darauf ein heller menschlicher Laut, etwa wie der Juchzer eines Tirolers, und öde Stille blieb zurück.

Die Fußgänger setzten ihren Weg fort unter Äußerungen des Unwillens. Dann bemühten sich die Damen, ein heiteres Gespräch aufzubringen, um den Wind nicht zu hören, der sich mit leisem Klagen durch Telegraphendrähte wand, und plötzlich rief die jüngere: »O Gott, da liegt jemand!«

Mitten auf der Straße, im Schmutze ausgestreckt, lag ein junges Mädchen im blauen Taftkleid. Ihr rechter Arm war unnatürlich verrenkt, und vom linken Backenknochen an, quer über die Stirn, war ihr der Kopf gespalten, als wäre ein Pflug darübergegangen. Aus der Furche quoll die Gallertmasse von einem ausgelaufenen Auge, mit Fetzen vom Gehirn vermengt, und schwarzrotes Blut war über das noch jugendliche Gesicht verspritzt, sickerte durch zusammengeklebtes Haar.

Ein Aufschrei aus drei Kehlen flüchtete über die Felder, vielleicht von fern auch wie der Juchzer eines Tirolers anzuhören. Die Lebenden umstanden die Tote minutenlang starr, aufrecht, mit äußerst geweiteten Augen, mit gespreizten Fingern. Nun bückte sich der Offizier, schob die Lippen des Mädchens auseinander und sagte nach einiger Zeit ergriffen: »Es hängt ein Glück an ihrem Unglück – sie ist tot. – – – Sie, heda! Kommen Sie rasch!« Das letzte, laut gerufen, galt einem hageren Manne, der gebückt, langsam des Weges kam und ein Bummler, ein Landstreicher zu sein schien. Er mußte den Zuruf verstanden, die Situation der Wartenden erkannt haben, aber er beschleunigte durchaus nicht seine Schritte.

»Ein Unfall – laufen Sie nach der Stadt! Holen Sie einen Arzt, einen Wagen, – Polizei! Wir bleiben inzwischen hier.«

Der Fremde trat schweigend an die Gruppe heran. Sein

trockenes, wirres Haar bedeckte die Hälfte einer niedrigen Stirn und verlieh dem langen, gelblichen Gesicht einen Ausdruck von Trotz und Beschränktheit. Der Unterkiefer hing schlaff herab; es sah aus, als könne er ihn nicht bewegen. Der Mann stieß seine schmutzigen Hände geballt in die Rocktasche, zog die Achseln hoch und betrachtete mit fast tierischen, rücksichtslosen Blicken die beiden Damen, welche unverborgen weinten, während sie den entstellten Körper am Boden mit ihren Schals und Taschentüchern zudeckten. Mit zusammengezogenen Brauen, finster und streng, verfolgte der Offizier dabei das Benehmen des Landstreichers, wohl nach einem Zeichen von Mitleid oder Erschütterung spähend.

»So eilen Sie doch! Schnell, schnell!«

Der Mann wandte sich dem ernsten, sichtlich entrüsteten Herrn zu und lallte, wie betrunken, mit blöder Stimme: »Schenken Sie mir was.«

Die Augenbrauen des anderen zogen sich noch mehr zusammen. »Ja doch, gewiß, Sie werden bezahlt. Laufen Sie nur! Haben Sie denn gar kein Herz? Laufen Sie! Marsch!«

Der Bummler blieb stehen und hielt dem Sprecher die flache Hand hin. In diesem Augenblick ward ein Radfahrer sichtbar. Sofort schwenkte der Offizier seine Mütze, zur Eile treibend, aber an seinen hochgehobenen Arm klammerte sich jetzt der Landstreicher, indem er hartnäckig, beinahe wie drohend, wiederholte: »Schenken Sie was.«

Die ältere Dame warf ihm eine Börse vor die Füße. Gleichzeitig traf ihn eine Reitgerte in hartem Schlag, daß er zurücktaumelte und aufstöhnend die Hände an den Hals preßte.

Der Radfahrer sprang indes vom Sattel. Als er sich den Mund zuhielt und mit der Zunge schnalzte, sah und hörte es sich an wie tiefes, aufrichtiges Entsetzen. Darauf zog er in unwillkürlicher Pietät seine Mütze und wartete wortlos, mit fragenden Augen auf eine Erklärung. Und als er diese und höflich befehlende Instruktion erhalten hatte, bestieg er mit rührender Eilfertigkeit seine Maschine und fuhr dem nächsten Orte zu.

In entgegengesetzter Richtung wankte der Landstreicher davon. Er hatte die Hände überm Nacken gefaltet, und als er sie sinken ließ, entblößte er einen blutunterlaufenen Striemen am Hals. – Aber er lachte von Zeit zu Zeit leise vor sich hin. Sein Kopf war zur Brust geneigt. Der Unterkiefer hing schlaff herab, und die Augen waren bis auf einen kleinen Spalt geschlossen.

Er wankte dahin und lachte von Zeit zu Zeit leise vor sich hin. Dann betrat er den Wiesenrand, um sich vor einer Telegraphenstange niederzulassen, die er mit Armen und Beinen umschlang. So blieb er still sitzen. Man hätte meinen können, er wäre an der Stange heruntergerutscht; man hätte auch meinen können, er küßte sie wie eine Geliebte, denn er hatte den offenen Mund fest auf das tönende Holz gedrückt. So verharrte er stumm.

Es zogen ein paar Studenten vorbei, die über ihn lachten und weitergehend einander von eigenen Heldentaten erzählten, die sie im Rausche vollbracht hatten. Es kamen Leute vorüber, die sich entrüstet abwandten und von der Torheit Erwachsener sprachen. Ein Dichter blieb stehen. Dieser Mann, dachte er, hört einem Holzpfahl zu – – ein berauschter Obdachloser, der Stimme des Weltverkehrs lauschend. Das fand der Dichter schön, freute sich und wollte den Andächtigen nicht stören. Wieder andere Menschen näherten sich; die versuchten den Bummler aufzuwecken, wähnend, er schliefe. Sie entdeckten, daß er tot war.

Männer wurden gerufen, welche feststellten, daß er einen Pfandschein aus Hamburg und ein Messer mit der Inschrift »Chicago 107« bei sich trug. Andere Männer konstatierten, daß er verhungert, daß er aus Mangel an Nahrung gestorben war, und wieder andere legten ihn in einen ganz neuen, gegen Schnee und Regen schützenden Sarg und begruben ihn.

Es blieb die Frage übrig: Wer ist der Mann? – Eine Frage, die wie etwas Spinnenartiges kaum bemerkbare Beine und Fühler weit hinaus ins Land reckte, feine Fäden verknüpfte und staubige Akten durchirrte. –

In das Haus eines strengen, rechtschaffenen, geachteten und reichen Gutsbesitzers drang derweilen tiefes Herzeleid. Die einzige Tochter, die er mit ebensoviel Fürsorge als Erfolg erzogen hatte, war das Opfer eines Unfalls geworden.

Irgendwo, anderswo, gab jemand zu dieser Zeit ein vornehmes Gastmahl, ein Automobilfahrer, der einen neuen, glänzenden Rekord aufgestellt hatte. Offiziere, Sportsleute und sonstige angesehene Personen waren geladen. Ein alter Herr erhob sich an der Tafel; man wußte, daß er Großes für Kunst und Wissenschaft geleistet hatte, und er sagte unter anderem aus ehrlicher Überzeugung heraus:

»Glauben Sie nicht, daß ich, als ein Mann rein geistiger Arbeit, geringschätzig über sportliche Unternehmungen denke. Mir ist bekannt, daß eine Wettfahrt, wie die heute gefeierte, mit schwersten Gefahren verbunden ist und daß dieselbe neben Geschicklichkeit, Energie und mehr, vor allem hohen Mut erfordert. Mut trägt immer etwas Herrliches in sich, im Spiel wie im Ernst, im Frieden wie im Krieg. Ich hege ungemeine Hochachtung vor dem Mut. – –«

Der alte Herr schloß seine Rede damit, daß er ein Hoch ausbrachte und zwei Sektgläser umstieß, was die allgemeine Ausgelassenheit wesentlich förderte. –

Auf der Landstraße draußen wehte es kühl. Dort wanderten vereinzelt Menschen, rollten manchmal Wagen. – –

Als der Winter regierte, da ward die Bahn noch stiller. Nur wenige schweigsame Menschen stiefelten durch den Schnee, mit großen Schritten, um bald wieder Häuser zu erreichen. Seltener klingelte ein Schlitten daher. – –

Im Frühling hatte das Spinnenartige in einem fernen, winzigen Dörfchen gefunden, was es suchte: einen Namen, Hans Hölzerleimer, einige Zahlen und sonstige Angaben und die Bemerkung »keine Angehörigen mehr am Leben«. Damit war eine polizeiliche Angelegenheit erledigt. –

Da es Sommer geworden war, beschien die Sonne schwatzende, lachende Spaziergänger auf der Landstraße, und ein Wind bewegte lustige Bänder und Tücher.

Und doch: Draußen auf der Straße ohne Häuser, weht immer ein eigen kalter Zug; achte einmal darauf!

Der tätowierte Apion

Nachlässig schwenkt sie die Waffen der Reinlichkeit, Besen, Schaufel, Staubtuch. In der Schürzentasche, die wie ein Känguruhbeutel überm Magen klafft, trägt sie die Morgenpost für den gnädigen Herrn, und so betritt sie, feindselig, dessen Arbeitszimmer. Diesen scheußlichen, unangenehmen, ungemütlichen Raum, wo man nicht zwei Walzerschritte versuchen kann, ohne eine Vase, ein Bild oder solch einen dämlichen Gott zu Scherben zu bringen; Götter, die nur aus Gips und Stein bestehen, zum Teil keine Arme oder Beine mehr haben und die der Professor doch mit kindischer Zärtlichkeit verehrt, während er für die Menschen kein freundliches Wort erübrigt; – Bilder – und Schweinereibilder darunter –, welche die schöne Plüschtapete völlig verbergen; Tonfiguren, mit Staub und Spinnweb überzogen, Bücher, Zeitungen, Papiere überall verstreut und so dicht gehäuft, daß man von den Möbeln nichts erkennt, auf denen sie ruhen. Und man soll sie abstäuben und darf sie doch nicht berühren. »Er hat wieder die Nacht durchstudiert«, bemerkt Agnes zu dem leeren Glasbassin einer kunstvollen Renaissancelampe, und sie breitet die Morgenpost wohlberechnet auf der aktuellen Stelle des Schreibtisches aus, wo immer das Neueste lagert, nicht ohne die angekommenen Karten vorher nochmals neugierig zu untersuchen.

Es ist eine darunter von der gnädigen Frau aus dem Seebad. Sie scheint sich vortrefflich zu amüsieren; wer mag es ihr verdenken.

Auf dem Schreibtisch fällt diesmal ein schwarzpolierter Kasten als noch unbekannt auf, außerdem eine Broschüre, überschrieben: An-tikes – Leben aus – grie-chi-schen – Papy-ri. Weiter quält sich das Mädchen nicht, wendet sich vielmehr ab, wie von etwas Unappetitlichem überrascht. Aber daneben schreit eine Bücherrechnung; die versteht sie.

800 Mark! Achthundert Mark wirft er für so was fort, und den neuen Zylinderputzer hat er neulich abgelehnt. Sie, Agnes, muß seit Jahren jeden Pfennig ängstlich hüten, um nur den Violinunterricht für ihren Sohn bestreiten zu können, und er, der Professor – Aber er genießt seinen Reichtum nicht. Wenn sie nur einen kleinen Teil seines Vermögens besäße, wie wüßte sie ihn fröhlich und sattsam auszukosten; und obendrein würde dann gewiß der Mann sie heiraten, der ihr das Kind gemacht hat. Das liebe Kind! Der brave, herzige Junge; er wird auch ohne das seine Straße finden, denn er ist klug. O ist er klug, und schmuck und gradaus, so daß alle ihn gern haben. Er wird erst seine drei Jahre Soldat sein und nachher weiter Musik studieren. Er wird ein berühmter Mann werden, so Gott will, noch berühmter als der Professor, ein »Geigenvirtuose«.

Unter solchen zuversichtlichen Erwägungen hantiert Fräulein Mutter Agnes aus sicherlich reizvollen Tiefen ihrer Bluse einen Brief und ein schmales Porträt hervor, um beides mit Muße innig zu betrachten, das Bild sogar wiederholt zu küssen.

Wie gesteigerte Rührung sie zwingt, mit dem Nächstbesten, das heißt: mit dem Staubtuch, die Augen zu trocknen – schon daraus ergibt sich, daß der Brief ihr weit mehr bedeutet als etwa einem fremden Dritten, welcher von ihm nur ablesen würde:

»Liebe gute Mutter.

Herzliche Grüße von Bord S. S. Carola, wo wir gestern eingeschifft sind. Ich schicke Dir meine Photographie. Grüße Herrn Werk und alle Bekannte von mir. Es geht mir sehr gut. Alle sind gut zu mir und mein Violinenspiel kommt mir hier sehr zu statten. Gestern haben Paul und ich uns Glaube-Liebe-Hoffnung (ein Kreuz, ein Herz und ein Anker) in den Oberarm einstechen lassen. Das vergeht nie mehr. In der Hoffnung, daß Du gesund bist und mir bald schreibst, küßt Dich

Dein Oswald.«

Im Studierzimmer des Professors, wo das Dienstmädchen auf derartig pflichtvergessene und gemütvolle Weise ihr Reinigungsamt einleitet, geschieht plötzlich etwas, wenn auch nicht Wunderbares, so doch erschreckend Ungewöhnliches. Nämlich: zum gleichen Moment, da vom Gartensaal die zorngehobene Stimme des Hausherrn herüberschwillt, nach der im Hause nur allzu gewohnten Melodie: Gegen Dummheit kämpfen Götter selbst vergebens – zur selben Zeit löst sich in einer schlecht belichteten Ecke ganz von selber eine kleine eingerahmte Silhouette von der Wand und klirrt zu Boden.

Es vergeht eine geraume Weile, bis die Dienerin das Ereignis begreift. »Das ganze Haus zittert, wenn er den Mund öffnet«, murrt sie, »da haben wir die Bescherung: Scherben. Scherben am Morgen bringt Kummer und Sorgen. – Lieber

Gott, das war sein einziger Sohn«, fügt sie, das Bildnis erkennend, in weichem Tone hinzu, »der hängt hier im dunkelsten Winkel. Über das alberne gelehrte Zeug haben sie ihn ganz vergessen, – und ist doch kaum vier Jahre her, daß er ertrank.«

Sie entfernt Splitter und Rahmen von der Pappe, und indem sie diese mitten auf den aktuellen Schreibtischplatz ans Tintenfaß stellt, folgt sie – wer weiß – einer sehr hübschen Idee. – Wieder ein Geräusch. Die Uhr neben dem großen Gipsmann, der wie der Papst aussieht, schlägt, die alte Standuhr (der Professor nennt sie schlechtweg nur »die Zeit«) mit den vielen Männchen und Türmchen und anderen Geschichtchen drum und dran. Es klingt heute so häßlich mahnend.

Besen, Schaufel, Wischtuch erwachen, huschen, kratzen, scharren, schieben. Agnes räumt auf. Sie klappert und rückt, sie reckt sich und bückt sich, und ungeachtet sie sich nach Manier der Stubenmädchen häufig unterbricht, um den Spiegel zu befragen oder ein Buch näher zu beäugeln (worin sie dann auf enttäuschende Titel stößt), drückt sich zuletzt doch in ihrer Miene die Genugtuung aus, das Erforderliche zur rechten Zeit beendet zu haben. Im Frohsinn darob und in einer Art gutmütiger Verachtung kann sie es sich nicht versagen, bevor sie die Stube verläßt, noch dem alten Gipsmann mit dem Besen ins Gesicht zu stipsen, so daß ein Büschel schmutziger Teppichfasern an der weißen Nase hängen bleibt. – – Und als die Tür zuschlägt, lächelt der alte Gipsmann – es ist eine Voltairestatue – lächelt mit seitwärts geneigtem Haupte, wie er zuvor gelächelt hat und wie er weiter lächeln wird, nach Houdons Willen, gedankenschwer, altersmild, überlegen, – ein wenig spöttisch – ein wenig falsch. – – – – – – – – Irgendwie erinnert der Professor an einen Marabu, als er bald darauf nachdenklich dasselbe Zimmer betritt. Dieses geistvolle, interessante Zimmer, wo tausend Gegenstände das Herz anregen, deren jeder an Kunst und Wissenschaft appelliert, von Weisheit, Schönheit und achtunggebietendem Fleiße predigt. Der kleine bejahrte Herr mit der von spärlichem, aber langem Weißhaar umpluderten Glatze weiß genau, welchen gelehrten, würdevollen Eindruck seine Stube gewährt, obschon er sie nie als Ganzes überschaut, vielmehr nur einzelne Stellen ins Auge faßt, wenn er beim Durchgehen die meist abwärts gerichteten Blicke einmal aufhebt. Aber in solchen knappen Momenten ist es, als sähen da zwanzig Augen und dächten zwanzig Köpfe dahinter.

Dort fehlt ein Band Niebuhr, entdeckt sein linkes Auge am Regal, während das rechte die Teppichfasern an Voltaires Nase gewahr wird. Schon ist die rechte Hand bestrebt, dieses Übel zu beseitigen. Dabei betastet die Linke eine auf dem Rauchtisch befindliche Silberschale, eine Kopie von jener aus dem Hildesheimer Fund, und laut sagt der Professor: »Nein, das kann unmöglich ein Steuer sein, was die Minerva in der Hand hält.«

Er schleppt verschiedene Folianten zum Schreibtisch und läßt sich dort umständlich bequem auf einem geschnitzten Stuhl nieder, mauert sich, sozusagen, dort ein, als ob er für viele Stunden nicht wieder weichen wollte, was auch wirklich seine Absicht ist. Darauf nimmt er gewohnterweise und mit sichtlichem Genuß von Wichtigkeit die eingetroffenen Briefschaften vor. Zunächst ein unverschlossenes Schreiben nebst der Photographie eines Matrosen. Nanu? – Er überfliegt beides mißmutig.

Solchen dummen Schnickschnack hat sie im Hirn und vernachlässigt ihren Dienst. O diese Barbaren, diese Kalmücken! Nichts wie Dummheiten im Schädel, kein Gefühl für Freude an Tätigkeit haben sie, nur den ordinären, animalischen Trieb, Unbequemes zu fliehen oder sobald als möglich loszuwerden. Sie vegetieren, ohne Geist, ohne Verstand, ohne Höhe und Tiefe, ohne Ernst. Nur fressen, saufen und – Der Gelehrte klingelt dringlich mit einer Glocke, deren sich – ihm fällt das jetzt sogar ein – vormals Franz Schubert bedient hat.

Eine Karte von seiner Frau. Sie grüßt ihn und erteilt einige Aufträge; er wird alles sogleich gewissenhaft erledigen und beantworten. Ihn interessiert, was sie im Auftrage Dr. Tiezes berichtet. Tiezefreund erkundigt sich, ob Knobelsdorff etwas über Architektur publiziert habe.

Keineswegs hat er das – aber man muß immerhin nachschlagen. Erneutes Klingeln schafft Agnes herbei.

Der Professor redet, ohne aufzusehen, ziemlich hastig, unsicher und undeutlich, und er beugt sich derweilen eifrig über einen assyrischen Dolch:

Ihre Nachlässigkeit gereiche zur Kulmination. Ob sie bezüglich Voltaires nicht gefälligst etwas mehr attendieren wolle?

Sie weiß nicht, was Voltaire ist.

Heiliger Himmel! Diese Person! Sie hat nichts von Voltaire gehört! »Dort! – Der da!«

Was der Generalkontrolleur auf dem Schreibtisch zu tun habe? Das Stubenmädchen kapiert die Frage nicht, aber, wahrhaftig, kein anderer würde sie in diesem Falle kapieren, denn sie ist durch Zerstreutheit völlig entstellt.

Was hat die Silhouette auf dem Schreibtisch zu tun? wollte der Professor fragen, aber da er sich nach seiner Gewohnheit, fortwährend zu eruieren und zu etymologisieren, auf dem Wege vom Gedanken zum Wort noch mit dem französischen Generalkontrolleur Etienne de Silhouette aufgehalten hat, geschah es, daß besagte Konfusion herauskam.

Die Dienerin rührt kein Glied.

Und sie möge doch gütigst ihre Privatkorrespondenzen etwas separieren. Das Gesicht streng abgewendet, überreicht ihr der Professor Photographie und Brief des Matrosen, und weil ihr zerknirschtes weinerliches Stillschweigen ihm peinlich wird, fügt er hinzu:

»Holen Sie mir aus dem Musikzimmer den Band Knobelsdorff von der großen Enzyklopädie. – – Huch!« schreit er dann auf und stampft mit den Füßen. »Sie kennt keine Enzyklopädie. Gehen Sie! Sie sind ja ein – eine – huch!«

Verzweifelt mit der Zunge schnalzend, eilt der alte Herr selbst ins Musikzimmer. Ein Griff, und er hat das Gewünschte und kehrt zurück, mauert sich wieder am Schreibtisch ein und arbeitet.

Er liest und kritzelt, er hüstelt und blättert. Vom Park her wächst Sonnenglanz herauf, dringt das Gurren der wilden Tauben; und zwei spielende Falter wirbeln gegen das Fensterglas. Er spürt nichts davon. Nur einmal, mit der Äußerung: »Die Zeit ist wieder nicht aufgezogen«, erhebt er sich verdrossen, um die Uhr zu regulieren, vertieft sich aber gleich wieder am bisherigen Platz in die Lektüre eines Aufsatzes, den er tags zuvor begonnen hat.

Nach den Bewegungen von Haupt und Mund zu schließen, liest er durchweg rasch; auch spricht er dazwischen Worte oder ganze Sätze laut aus.

»Kaum – zweites Beispiel – wie der schon oft behandelte Brief des Apion an seinen Vater – Papyrusblatt – Berliner Museum – zu seiner Zeit – Ägypten – Provinz des römischen – Misenum am Golf von Neapel kommandiert – folgenden Brief, der im Original auf uns gekommen ist – Handgeld – Serenilla – Schiff Athenonike.« Hier stutzt der Professor.

Seine Lippen verharren für lange Sekunden so, wie das Wort Athenonike sie verzogen hat, sein Lesen wird starrer; er blättert eine Seite zurück und fängt an, den zuletzt durchgenommenen Abschnitt langsam, deutlich hörbar, mit gerechter Betonung zu repetieren:

»Apion seinem Vater und Herrn Epimachos herzlichen Gruß. Vor allem wünsche ich dir Gesundheit und alles Glück bei vollem Wohlbefinden, samt meiner Schwester, ihrer Tochter und meinem Bruder. Ich danke dem Serapis, dem Herrn, daß er mich sogleich errettet hat, als ich auf dem Meer in Gefahr geriet.« (Der Professor schielt flüchtig über den Tisch nach der Silhouette hin.) »Als ich in Misenum ankam, empfing ich vom Kaiser ein Handgeld von drei Goldstücken, und es geht mir gut. Ich bitte dich, mein Herr Vater, schreib mir ein Briefchen, erstens über dein Wohlbefinden, zweitens über das meiner Geschwister, drittens, damit ich deine Hand küssen möge, denn du hast mich gut erzogen, und daraufhin hoffe ich schnell vorwärtszukommen, wenn die Götter wollen.« (Der Lesende spielt sich nervös am Bart.) »Grüße vielmals den Kapiton, meine Geschwister, die

Serenilla und meine Freunde. Ich hab dir mein Bildchen durch Euktemon geschickt. Übrigens heiße ich Antonius Maximus. Ich wünsche dir Gesundheit. Schiff Athenonike.« Der Professor schiebt das Heft fort und, was er sonst nie tut, lehnt sich im Stuhl zurück. »Das schreibt Apion vom Golfe von Neapel nach Ägypten«, sagt er leise und nickt versonnen mit dem Kopfe, »vor siebzehnhundert Jahren! – Siebzehnhundert Jahren – hm – es ist ganz dasselbe; er schickt sein Konterfei, er grüßt und erbittet Grüße, er dankt – ja, ja, es ist ganz dasselbe.« Der Gelehrte spricht jetzt nach dem Fenster zu, nach den Wolken hin. »Hm – Kreuz, Anker, Herz – sie liebt ihn, ihren Sohn, wie er sie; natürlich liebt sie ihn –«

Lautes Uhrläuten schwingt in des Alten Gedankengang. Es klingt so heiter, so gütig und groß. Ja, diese Eigenschaften, die er da heraushört, ist es nicht, als ob sie jetzt auf seinem Antlitz leuchteten, wie eine Verklärung? Sind nicht alle jene garstigen Fältchen und Schatten darin mit eins verschwunden, welche angewöhntes und anerzogenes Tun und Denken geformt hatten? Scheint nicht der Professor ein Verwandelter zu sein, da er aufspringt und einen ganz ungelehrten Vorsatz mit fast rührender inniger Stimme herausbringt?

»Ich will«, sagt er sich, »ihr hundert Mark schenken; die soll sie ihm senden; das wird ihn freuen. Und ich will«, fährt der wohlhabende Mann fort, »ich will mir das abknapsen, will mir dafür den Lope de Vega verbeißen. – Basta! Ich verzichte auf Dorotea.«

Energisch zieht er ein Schubfach heraus und schickt sich an, eine Banknote zu kuvertieren. Danach klingelt er leicht, später nochmals stärker. Währenddem überlegt er in zunehmender Aufregung, wie er das Geschenk möglichst anspruchslos und unauffällig anbringen könne. Jedoch ehe er noch zu einem endgültigen Entschluß gelangt, erscheint das Stubenmädchen auf der Schwelle, wo sie etwas Herkömmliches von »befehlen« und »Herr Professor« abschnurrt und mit verweinten Augen wartet.

Er geht – wie sie ihn meist antrifft – grübelnd, mit kurzen Schritten auf und ab, eine geschweifte Linie im Teppichmuster verfolgend, und in den überm Rücken verschlungenen Händen hält er ein weißes Kuvert.

»Ja, ja, Agnes«, murmelt er wie für sich selbst, »Glaube, Liebe, Hoffnung – – er hat wohl recht – das vergeht nie.«

Das Mädchen hat nicht verstanden. »Wie befehl'n Herr –'fessor?« fragt sie klanglos.

»Wissen Sie, häm, Agnes«, entgegnet er, zerstreut, stokkend, und wünscht eine jäh aufsteigende Verlegenheit hinter nervösen Gesten zu verbergen, »ich möchte dem tätowierten Apion eine kleine – Dedikation machen – häm – Sie –«

Agnes hat recht gehört, aber nicht begriffen. »Wie befehl'n Herr –'fessor?« bringt sie schüchtern hervor.

Eine beiden fatale Pause folgt.

Huch! Dieses Blähschaf! Was befehl'n Herr –'fessor, was befehl'n Herr –'fessor. Hundertmal am Tage fragen sie das. Nichts wissen sie, nichts verstehen sie, rein gar nichts. Diese Hottentotten! Diese niederträchtigen Dummköpfe! Das Vieh ist klüger. – Und warum? Weil sie nichts lernen wollen; weil sie Mühe scheuen; weil sie –

»Es ist gut! Ich brauche Sie nicht!« schreit der Professor die Dienerin an, und als sie halb gekränkt, trotzig, halb beschämt aus dem Zimmer schleicht, mauert er sich verärgert am Schreibtisch ein, verschließt die Banknote und liest bis zum Mittag ununterbrochen in Diltheys »Einbildungskraft des Dichters«. – – – – – – – – – –

– Und Voltaire, der neben der Zeit steht, oder, richtiger ausgedrückt, sitzt, lächelt, gedankenschwer, altersmild, überlegen – ein wenig spöttisch – ein wenig falsch.

Das Gedicht

Skizze

Der neunzehnjährige Kontorist Karl Freudlink dichtete. Er notierte fließend, und zwar, was schon für sein Talent sprach, nicht auf Büttenpapier, am bequemen Schreibtisch sitzend, sondern er bekritzelte einen großen, gebrochenen Bogen gelben Packpapiers und hockte dabei auf der bescheidenen Höhe eines Kabinenkoffers.

Kalt schwieg die Nacht; mit schwarzem Kleide
Barg sie der Erde Heiterkeit.
Ein Weib stand einsam in der Heide
Und starrte in die Dunkelheit.

Als wenn ein Trost dort für das wunde,
Verzagte Herz zu hoffen wär;
Und starrte durch die stille Stunde
Ins schattenvage Ungefähr.

Bis sich in ihrer Augen Sterne
Ein Leuchten stahl wie junger Lenz.
Sie sah in gnadenreicher Ferne – – –

Hier ergab sich eine Stockung. Es fiel Karl nichts ein, was die Frau des Nachts hätte sehen können und was sich gleichzeitig auf Lenz reimte. Deshalb zerknitterte er den Packbogen und schleuderte ihn in den Papierkorb. Sogleich begann er ein neues Poem mit anderm Thema, in anderm Versmaß, auf Löschpapier, und dann ein drittes, aber auch diese Arbeiten scheiterten und wanderten als Fragmente in den Korb der Verworfenheit.

Bei der nächsten Zimmerreinigung erspähten die von Habsucht geschärften Augen der Frau Janke den gelben Bogen; sie zog ihn hervor, glättete, faltete ihn zwiefach und verwahrte ihn. Vier Tage vor Weihnachten wickelte sie eine blanke, etwas hinkende Lampe sowie eine Menge Tannenzweige und Äpfel hinein und sandte das Ganze als Christgabe ihrer Schwester Klothilde in Königsberg zu.

Die Schwester wickelte das Geschenk aus, bedankte sich dafür in einem herzlichen Brief, und weil ihr die wackelnde Lampe als ein hübscher, unbrauchbarer Gegenstand erschien, expedierte sie diesen unverzüglich samt Äpfeln und Tannenzweigen auch in der übernommenen Umhüllung weiter nach Wirballen an Herrn Zollinspektor Koester, der wegen seiner verwandtschaftlichen Zugehörigkeit so viel und wegen seiner leichtsinnigen, liederlichen Lebensart nicht mehr verdiente. Der fraß sofort sämtliche Äpfel auf, warf die Tannenzweige nebst dem Packbogen auf den Teppich und die Lampe noch in selbiger Nacht durchs Fenster nach einer ruhestörenden Katze.

Indessen waren dem abends dichtenden Freudlink mehr als hundert Verse mißraten, wofür der verzweifelte Jüngling zuletzt die Unfreundlichkeit und Unsauberkeit seines Zimmers verantwortlich machte. Nachdem er daher eines Morgens eine Spinne im Kakao und in der Spinne einen Grund zu sofortiger Kündigung gefunden hatte, verließ er Frau Janke und mietete sich bei einer reinlicheren Wirtin anderswo eine saubere Stube. Der Erfolg ließ nicht auf sich warten. Denn in der neuen Wohnung entstand alsbald eine lange Ballade mit dem Titel »Das Roß von Osnabrück«, die nach der Meinung Karls in jeder Beziehung vorzüglich gelang; er reichte sie in zierlicher Abschrift einer bedeutenden Redaktion ein und benachrichtigte außerdem seine Chefs, daß ihn ein Stirnhöhlenkatarrh für einige Tage ans Zimmer fesselte. In den einigen Tagen trieb er sich begeistert als freier Dichter umher, mit dem viel ersetzenden Gefühl, etwas Gutes geschaffen zu haben, und mit dem erhebenden Vorsatz, noch viel Vortreffliches vollbringen zu wollen. So hielt er sich häufig in Lokalen auf, wo Künstler, vornehmlich Schriftsteller verkehrten, und grüßte einige namhafte davon, die meist etwas erstaunt zurückgrüßten. Allen Kellnern gab er die Weisung: Wenn jemand nach ihm, das hieße nach dem Schriftsteller Freudlink früge, so möchten sie – und nun folgte irgendwelcher belangloser Scheinauftrag. Auch die verrufensten Lokale besuchte er, um sich beobachtend unter das Volk zu mischen, was ihm sehr bald eine ebenso unverdiente als ausführliche Tracht Prügel einbrachte. Nun begab er sich aufs Land, redete jeden Bauer, der ihm begegnete, für ein Original mit »Ihr« an und fragte nach Namen, Alter, Beschäftigung, Familie und Wohlergehen, bis ihn einer mit den Worten: »Was geht dich das an, du grüner Junge?« stehen ließ.

Es versteht sich von selbst, daß er allerwärts ein Notizbuch bei sich hatte; und in Caféhäusern, in der Stadtbahn, oder wo sonst ihn viele Menschen umgaben, zog er es hervor und schriftstellerte emsig an einem breit geplanten Epos, das reichlich konfus wurde, weil er weniger an das Werk selbst als an dessen Erfolg dachte und derweilen unausgesetzt die Wirkung seiner Schreibtätigkeit auf das ihm zuschauende Publikum beobachtete. Er war jedoch von Natur aus ein viel zu ehrlicher und aufgeweckter Mensch, um es nur bei Äußerlichkeiten und Oberflächlichkeiten bewenden zu lassen. Deshalb schickte er sich an ein eifriges und gründliches Studium klassischer Literatur, da sich ihm denn nie geahnte Herrlichkeiten auftaten. So von den Freuden ohne von den Leiden eines Dichters kostend, erwog Freudlink ernsthaft den Gedanken, seinen Bureaudienst aufzugeben und sich ganz der Versemacherei zu widmen, als »Das Roß von Osnabrück« aus der Redaktion heimkehrte mit einer gedruckten Absage am Schwanz.

Äußerst verstimmt nahm Karl wieder seine bureaukratische Tätigkeit auf und arbeitete acht Tage lang zu hoher Zufriedenheit seiner Vorgesetzten mit strengstem Fleiß. Dies half ihm seine erste starke Enttäuschung so weit überwinden, daß er am neunten Tage die besagte Ballade einer neuen Redaktion vorzulegen vermochte. Hierauf arbeitete er eine Zeitlang zerstreut zur Unzufriedenheit seiner Chefs, währenddessen er in den Abendstunden dem früheren dichterischen Wandel oblag, bis sich abermals das abgewiesene Roß meldete. Diese Vorgänge wiederholten sich nun durch nahezu zwei Jahre. Das Osnabrücker Pferd trabte mit der Ausdauer eines Straßenbahngauls, überall weggescheucht, von Verlag zu Verlag. Schließlich erklärte ein berühmter

Dramatiker, dem es mit der Bitte um Kritik vorgeführt war, der Vater des Rosses schiene ein Rhinozeros zu sein.

Von diesem Schlag erholte sich Karl nur langsam, das Roß überhaupt nicht; es starb. Sein Erzeuger, der als kaufmännischer Angestellter aufgerückt war und ein recht unkünstlerisches, aber viel gewährendes Gehalt bezog, entsagte der Dichtelei.

Wie ihn die nächsten dreißig Jahre durch verschiedene Stellungen, viele Länder und bunte Erlebnisse allmählich bis auf den leer gewordenen Thron eines Fabrikbesitzers führten, Besitzers einer kleinen chemischen Fabrik, ist ebenso interessant als amüsant zu hören, was hier aber nicht wiederzugeben, weil vorliegende Erzählung für einen Novellenwettbewerb geschrieben wurde und dazu das Höchstmaß von 7500 Silben nicht überschreiten durfte.

Längst war das gelbe Packpapier in Wirballen einer unrühmlichen Todesart erlegen. Aber den Geist, den es auf sich hatte, übertrug eine verliebte Köchin auf eine Postkarte mit Hinzufügung eines selbstverfertigten Reims, so daß zum Schluß zu lesen war:

»Bis sich in ihrer Augen Sterne
Ein Leuchten stahl wie junger Lenz.
Sie sah in gnadenreicher Ferne
Ihren geliebten Peter Joseph Kamenz.«

Die Karte reiste weit hinein ins Russische, über Moskau und Samara nach Turkestan, nach Taschkent, wo sie einen deutschen Krämer beglückte. Dieser erwarb sich mit ihr viel Ansehen in Freundeskreisen, indem er die Verse dort als eigene

Produktion verlas. Er schenkte sie später, mit goldenen Buchstaben auf weiße Seide gemalt, seiner frommen Tante zum achtzigsten Geburtstag, die die erbaulichen Worte zwischen die Bibel legte. Ihr Erbe, ein Kapitän, gewann das Gedicht lieb, weil es seiner Mutter etwas gegolten hatte, und er sang es, ohne Schlußzeile, oft vor sich hin nach einer eigens dazu erfundenen Melodie, nahm es auch mit sich auf einer Fahrt nach Australien. Unterwegs wurde es ein Lieblingslied der Matrosen.

Mündlich, unter Harmonikaklängen, irrte es fürder zu Wasser um den Erdball, bis es in Deutschland wieder an Land und in eine Garnison geriet, also Soldatenlied wurde. Wie jedoch so manches andere einschläft, so schlief auch das Lied ein, nicht ohne daß es vorher von einem Literaturhistoriker erlauscht worden wäre, der es für ein altes, entstelltes Volkslied hielt. So kam es abermals auf Papier und zu anderen gesammelten Liedern in eine schäbige Ledermappe, die bald darauf in einem Mietwagen versehentlich zurückgelassen wurde.

Von da an bestand es durch zwanzig Jahre die wechselvollsten Abenteuer, die sich aber, so wunderlich und lehrreich sie sind, hier nicht berichten lassen, weil vorliegende Erzählung für einen Novellenwettbewerb geschrieben wurde und dazu das Höchstmaß von 7500 Silben nicht überschreiten durfte.

Herr Direktor Freudlink lebte mit seiner Frau und Kindern recht glücklich. Er hatte erkannt, daß sich jegliches Arbeitsfeld nach Willen zu hoher Befriedigung behandeln und erweitern läßt. Denn die kleine, aber aufblühende Fabrik, die immer weitere Gebiete des Landes mit ihren Ölen,

Säuren, Essenzen beschickte, gewährte ihrem Besitzer nicht nur ein überreiches Einkommen, sondern trug auch seinem regen Geist, seinem vielseitigen Betätigungsdrang vollauf Rechnung. Waren es doch keineswegs nur rein kaufmännische oder administrative Fragen, die seine Zeit ausfüllten, vielmehr hatte er Ursache, Gelegenheit und Lust, sich auch in Nationalökonomie, Maschinenkunde, Chemie und anderen Disziplinen weiterzubilden; zum Beispiel auch in der Rechtskunde, da er mit anderen Fabriken, besonders mit der Firma Fritz Hosemeyer, in steter, erbitterter Konkurrenzfehde lag. Herr Freudlink führte in solchem Krieg mit anerkanntem Geschick bisweilen auch die Feder als Propagandist, als Fachliterat. Im übrigen jedoch mied er ängstlich die Schriftstellerei, wohl wissend, welche verlockende und verderbende Klippe sie für ihn bedeutete.

Nur manchmal, in den weichen Abendstunden, da zwischen Sonne und Lampe sich ferne Erinnerungen und vergilbte Träume heranschleichen, besann er sich einer gewissen freien, köstlichen Jugendperiode und mochte sich wohl einreden, daß sein äußerlich glänzendes Fabrikherrendasein dagegen recht hohl und ärmlich anmutete. Dann wandten Weib und Kinder viel Mühe und erprobte Mittel an, ihn von den wehmütigen Gedanken ab und auf frische, lebensfähige Ideen zu bringen.

Von solcher Melancholie umfangen, spazierte der Direktor einst im Garten, als ein Bruchteil eines Liedes in seinen Ohren hängen blieb, das zwei vorübermarschierende Handwerksburschen anstimmten.

Er wiederholte die erhaschte Strophe leise vor sich hin und wußte nicht, was er damit anfangen sollte. Aber er fühlte: Es war etwas an dem Lied. Zu spät fiel ihm ein, auf die Straße zu eilen; die Burschen waren bereits über alle Berge.

»Kennt jemand von euch«, wandte er sich mittags an seine Familie, »das Lied, das anfängt: ›Kalt schwieg die Nacht im schwarzen Kleide. Sie barg der Erde Heiterkeit‹?«

»Nein«, antworteten alle, »was ist das für ein Lied?«

»Ich weiß es nicht mehr«, sagte er nachdenklich, »ich glaube, es war eine Romanze, die man in meiner Jugend sang. Sie ist sehr ergreifend und hat großen Eindruck auf mich gemacht. Sonst würde ich mich doch nicht daran erinnern!«

Herr Freudlink durchblätterte sämtliche erreichbare Liederbücher, und seine Frau tat das gleiche, erkundigte sich zudem bei Verwandten und Bekannten nach dem Sange. Und die Kinder forschten in der Schule danach. Auch seine Angestellten fragte der Direktor und setzte eine Belohnung für die Ermittlung der Romanze aus. Sogar die Städtische Bibliothek nahm sich der Angelegenheit an. Aber es blieb alles erfolglos, obwohl Wochen und Monate über dem Suchen verstrichen.

Um so mehr war der Direktor auf das Lied erpicht. Er mußte immer von neuem darüber nachsinnen und grübeln, und daraus wurde eine Schrulle, eine Qual, die anhaltende Verstimmung und Unbehaglichkeit in die ganze Familie, nach und nach auch in das Geschäft des Fabrikherrn leitete. Es war nicht viel anders, als wenn ein Sohn des Hauses verschollen wäre.

Eines Vormittags, während der verdrießlich gewordene Herr an der Börse zu tun hatte, ging in der Fabrik eine Zeitung unter dem Personal herum. Ein Lehrling hatte sie mitgebracht, und sie wanderte nun von Hand zu Hand bis hinauf zum Inspektor und von da hinüber ins Privatgebäude. Gleichen Weges mit der Zeitung wälzte sich ein Lachen, das, voll von verschiedenartigem Humor, in allen Tonarten bald anschwoll, bald abnahm. Die Angestellten lachten, Frau Freudlink lachte, und ihre Kinder lachten. Und sie lachten, bis der Hausherr heimkehrte und man ihm eine Anzeige aus jener Zeit vorlas:

Kalt schwieg die Nacht im schwarzen Kleide.
Sie barg der Erde Fröhlichkeit.
Ein Weib stand einsam auf der Heide
Und schaute in die Dunkelheit.

Sie schaute manche stille Stunde
Hinaus ins schwarze Schattenmeer,
Als wenn für ihres Herzens Wunde
Ein Trost noch dort zu finden wär.

Bis plötzlich ihrer Augen Sterne
Hell leuchteten wie junger Lenz.
Sie sah in weiter, weiter Ferne:
»Fritz Hosemeyers Punschessenz«.

»Ja«, sagte der Direktor ernst, »das ist der Text! Aber die letzte Zeile ist natürlich ein reiner Unsinn.«

Auf Umwegen ließ er Herrn Hosemeyer aushorchen, woher das Gedicht stammte. Es war jedoch nicht mehr zu ermitteln, als daß dieser den Text mit einer andern komischen Schlußzeile einem fremden, unter Speichergerümpel aufgefundenen Stammbuch entlehnt hatte.

Karl Freudlink, weit davon entfernt, den wahren Sachverhalt zu ahnen, verzichtete nun endgültig auf weiteres Nachforschen und begrub seinen Verdruß in einem Artikel, den er *contra* Hosemeyer für ein Fachjournal schrieb und in dem er von »geschmackloser Reklame« und »marktschreierischer Winkelpoesie« sprach.

Vielleicht war es eine herbe Fügung, daß eine Dichtung, die so viele fremde Menschen erfreut, so vielen genützt hatte, ihrem Verfasser nur Pein und Ärger bereiten sollte.

Wahrscheinlich war es gut, daß Karl Freudlink nicht die Wahrheit über die Entstehung und die Schicksale jener Verse erfuhr; es wäre sonst am Ende eine dauernde Traurigkeit und eine nicht mehr zu stillende Sehnsucht in seine Seele gezogen.

Es muß doch etwas an dem Gedicht sein, was es bisher vor dem Untergang bewahrt hat. Nun ist ja auch für seine weitere, mehrjährige Existenz durch gegenwärtigen Abdruck gesorgt.

Vielleicht wird es sich sogar noch sehr lange erhalten. Ich habe mir darüber meine eigenen Gedanken gemacht, die ich aber nicht auszuführen wage, weil vorliegende Erzählung für einen –

Durch das Schlüsselloch eines Lebens

Aber als das Fest müde geworden, als jene schalen Späße auftauchten, welche die Lustigkeit bis zur ärmlichsten Dünne in die Länge ziehen, als das Gelächter schon im Lallen oder Gähnen verklang und in der Dunkelheit stiller Nebenräume menschliche Atemzüge vernehmlich auf- und niederstiegen, da bestellte sich Berthold einen Wagen und entfernte sich heimlich.

Indem er draußen dem kalten Winterwind aufgerichtet und mit weitgeöffnetem Mantel entgegentrat, kam er sich wie ein kühner Feldherr vor, nicht nur, weil ihn der Kutscher des Mietwagens entsprechend behandelte.

Der Dank eines durch Trinkgeld gerührten Dieners klang ihm nach. Der Schlag klappte beängstigend laut zu. Er vernahm ein Schnalzen, Getrappel, Gerassel und sagte mit fröhlichem Pathos: »Ich rolle.« Seinen Körper möglichst über vier Sitze verteilend, wandte er sich noch einmal nach den erleuchteten Fenstern der Villa zurück und ließ seinen Stolz in der Erinnerung baden, daß er in Gesellschaft reicher oder berühmter Leute vornehm gespeist und getrunken hatte.

Über den dick verschneiten Straßen dämmerte es bereits, und da Berthold Arbeiter, Bäcker und Milchweiber ihren frühen Geschäften nachgehen sah, ward seine gute Laune durch ein Gefühl von Beschämung gedämpft.

Irgendwo im Weichbild der Stadt ließ er halten und bezahlte den Kutscher. Die Folgegeister eines feurigen Burgunders hielten ihn wach und schürten die Lust zu der unvernünftigen Idee, mit Ballschuhen und Zylinderhut einen Morgenspaziergang über Land zu unternehmen.

Hinter den letzten Häusern sah Berthold eine weiße Wüste von Schnee vor sich und darüber einen wohltuend ruhigen, lichtgrauen Himmel. Die frische Luft klärte seinen Blick. Der noch jugendliche Mann sandte einen recht selbstbewußten Gedanken kondolierend nach dem heißen, verrauchten Saal zurück, den er als einer der ersten verlassen. Er war entschlossen, sich um einen Schlaf zu betrügen und seine kühne Stimmung in irgendein der Gelegenheit anzupassendes Erlebnis umzuschmelzen, wie man in der Neujahrsnacht heißes Blei ins Wasser gießt, um zu sehen, was daraus wird.

Die gleichmäßige Schneedecke verbarg Wege und Gräben, und nur die Krümmungen der Landstraße waren durch zwei Baumreihen mit gleichsam märchenhaft verzuckertem Gezweig gekennzeichnet. Aber Berthold stapfte quer über das verschneite Ackerland, oft tief versinkend. Wie ein schwarzes Boot durch ein weißes Meer ging er durch den weiten, weichen, blendend reinen, unberührten, jungfräulichen Schnee und genoß die Lust, ihn als erster zu durchwühlen. In dieser Lust lag etwas von der Freude des Vandalen oder von dem Vergnügen, das man empfindet, wenn man die gespreizte Hand in einen Sack voll Hafer versenkt. Und doch war ihm jemand zuvorgekommen, denn er stieß bald auf die Fußstapfen eines Menschen, der, ebenfalls Straßen verschmähend, die Felder durchquert hatte. Es waren zierliche Spuren in geringen Abständen, also wohl von einer Dame herrührend.

Ein Vogel schwang sich auf, als Berthold niederkniete, die Abdrücke zu untersuchen. »Guten Morgen, Rabe«, rief er, »ich bin Lederstrumpf – nein besser Sherlock Holmes. Wenn ich das Weib, das hier gegangen ist, erwische, dann kommst du vielleicht noch zu einem zarten Galgenfrühstück. Haha! Warte einmal – eins, zwei, drei, vier – – einundzwanzig Nägel hat sie im Absatz, jawohl!«

Der einsame Sprecher erhob sich lachend und schritt beschleunigt den Fußstapfen nach; er wünschte zu erfahren, wohin die Stiefelchen zu so früher Stunde gewandert waren.

Etwas später hob er ein blauseidenes Taschentuch auf, in welches er einen kleinen, unscheinbaren Notizkalender eingewickelt fand. Auf der Umschlagseite, mit Tinte mehr gemalt als geschrieben, stand: Lygia Valtin, Gruseliusstraße 3/*IV*. Die inneren Buchseiten enthielten unter fortlaufenden Daten Bleistiftnotizen. Mühsam entzifferte er:

Graf Naschauer – Perlgürtel – Puderdose Bahnhof – Eisbahn – Putzi schreiben – Schutzmann Klimmer – Kneifer – vier Uhr Kaiserplatz Kleiner Schwarzer – Rezept Hirschpastete – ein Neger mit Gazelle zagt im Regen nie – Baron von Biegemann, Frankfurt am Main, Taunusstraße 7 – zwei Meter Moiréeband – Wäsche … und ähnliche Notizen.

Es geschah an einem Januar-Freitag, da Berthold das las, und für diesen Tag fand er in dem Kalender die Bemerkung: »Mutters Todestag«, »Kleiner Schwarzer zwölf Uhr Mittag«. Das war der Inhalt des Büchleins. Der junge Herr stieß einen Pfiff aus; das gesuchte Abenteuer begann. Weitereilend gewahrte er bald, daß die Fährte, der er folgte, einem kleinen, abseits gelegenen Dorffriedhof zustrebte. Eine seltsame Rührung erfaßte ihn vorübergehend. Das Bild, das er sich nach den Stiefelabdrücken, dem stark duftenden Tuch und jenen Notizen in Gedanken von Lygia Valtin angefertigt hatte, bekam eine andere Gestaltung durch die Begriffe »Mutters Todestag« und »Feldfriedhof«. Die Achtung, die er vor der Unbekannten empfand, bewog ihn, ihre Verfolgung aufzugeben. Aber sein Interesse für die Dame war gestiegen, zumal er an dem Fund zu erkennen glaubte, daß sie hübsch, jung, gewiß auch reich an Beziehungen sei. Deshalb wollte er sie in ihrer Wohnung aufsuchen; bot doch das Tuch genügend Anlaß.

Während er die Strecke über die Felder im Zurück weit schneller als im Hin durchwatete, sann er auf eine originelle Anrede, sich bei Lygia einzuführen. – Er konnte beispielsweise beginnen: Gnädigste, ich heiße Berthold Sievers und komme, um Ihnen mitzuteilen, daß Sie einundzwanzig Nägel im linken Absatz tragen. – Dann vermochte er ihr verwirrtes Erstaunen noch höher zu schrauben, indem er etwa hinzulog: Außerdem läßt Ihnen Baron von Biegemann durch mich beste Empfehlungen und die Bekanntgabe zugehen, daß er sich mit der chinesischen Prinzessin Hink Puckling verlobt und gleichzeitig eine Hutkrempenfabrik in der Taunusstraße eröffnet hat.

Das mußte eine amüsante Unterhaltung zeugen, und Berthold nahm sich vor, erst dann mit Aufklärung, Taschentuch und Notizblock herauszurücken, wenn der Grundstein zu etwas Galantem oder Zartem oder Intimem gelegt sein würde. Und ein Mädchen, das am frühen Wintermorgen aufstand, um das entfernte Grab ihrer Mutter zu besuchen, war doch nicht anders als gemütvoll und liebenswert zu denken.

Als Herr Sievers die innere Stadt erreichte, war es heller Vormittag geworden, ein lebendiger, fröhlicher Vormittag. Die Stimmen des Orchesters »Verkehr« hatten eingesetzt. Der junge Mann betrat ein Speisehaus mit der Absicht, kräftig und behaglich zu frühstücken.

Die Kirchtürme läuteten Mittag, als er im vierten Stock des dritten Hauses in der Gruseliusstraße klingelte. Eine ältliche Frau öffnete scheu, deren Gestalt an den Kugelaufbau eines Schneemannes erinnerte, eine Frau, deren Gesicht und Kleidung dabei etwas so Trübseliges, Verwaschenes und Ungewaschenes hatten, daß der närrische Gedanke durch Bertholds Gehirn zuckte: so ungefähr müßte man sich die Mutter des schlechten Wetters vorstellen. Er konnte ein Lächeln nicht unterdrücken, er wollte es auch gar nicht, da seine Laune voll Lustigkeit und Selbstzufriedenheit war. Überdies hatten sich die Überreste einer Mahlzeit, ein paar Makkaroni, auf unerklärliche Weise in das struppige Haar der Dame verwickelt, und das wirkte durchaus erheiternd.

Herr Sievers erhielt auf seine ausgesucht höfliche Frage nach Lygia Valtin die Antwort: Das Fräulein wäre ausgegangen, aber er sollte nur warten. Das wurde ihm etwas geheimnisvoll und nicht eben freundlich mitgeteilt, doch er nickte einverstanden. Darauf schob ihn die Frau, seine Ellbogen von hinten ergreifend, wie einen Kinderwagen durch einen nachtdunklen Korridor. In dem unbehaglichen Gedanken an Schrankecken oder Stufen wollte er Tastbewegungen machen, aber da wurde er auch schon in ein helles

Zimmer gestoßen. Die Tür fiel hinter ihm zu. Er hörte, wie die Makkaronidame sich draußen auf Filzschuhen schlürfend entfernte.

Berthold hängte lächelnd Mantel und Hut an einen Kleiderständer zwischen eine blauseidene Matinée und eine Gitarre, dann nahm er auf einem vergoldeten Rokokostuhl Platz. Der Raum, in dem er sich befand, sah gutmütig aus. Er war durch einen Herdofen mollig gewärmt und – das bemerkte Herr Sievers sofort – er war kein Zimmer von irgendjemandem, er war eine ganze Welt für sich – für Lygia Valtin natürlich. Es standen dort moderne und alte Möbel, Tische, Stühle, Bett, Kleiderschrank, Bücherregal, ferner ein Diwan, auf dem eine flachsblonde Puppe mit offenen Augen schlief, ein Reisekorb, auf dem gebrauchtes Kochgeschirr unordentlich durcheinander lag – auch der Schatten unterm Bett war indiskret. An den Wänden hingen zwei Revolver, ein Florett, ein Bademantel und viele Bilder. Berthold betrachtete: Gruppenphotographien junger Leute beiderlei Geschlechts, teils im Freien, teils in Zimmern aufgenommen, die ebenso bunt verstellt waren wie Fräulein Valtins Behausung. Diese Bilder lebten auf einmal. Aus ihren Rahmen sprangen Studenten, Offiziere, Kaufleute und Damen in ärmlichen oder besseren, aber immer auffallenden Kleidern, tanzten wie trunken, lachten schmetternd und redeten komischen Blödsinn, und eine Dame, die mehrfach vertreten war, mußte Lygia sein.

»Leidenschaftlich, rassig, beinahe spanisch«, dachte Berthold, und gleichzeitig hing die Gesellschaft wieder in toter Bildform an der Wand, »phantastisch, aber geschmackvoll, mittelgroß, ebenmäßig, schlank, dunkelhaarig – etwa

25 Jahre alt. Sieht sich gerne abgebildet«. – Er fand sie in *grande toilette* ernst und würdig an eine marmorne Brüstung gelehnt, als strampelnder Pierrot, von zwei Türken getragen und auf dem Fahrrad, fesch, kühn, mit der weltverachtenden Miene der Berufsfahrer. Sie lag träumerisch hingegossen, seitlich auf dem Diwan, die rechte Hand in das langseidige Fell eines Hundes gewühlt, der sich schlangenartig an ihrem Busen zusammengerollt hatte. Sie stand nackt, mit erhobenem Schläger, mit stolz und streng zusammengezogenen Brauen wie eine rächende Göttin vor ihrem Schrankspiegel, der hinterrücks ihre göttlichen Rundungen verriet. An einem Necessaire auf der Waschkommode, zwischen einem Verschönerungsverein von Kämmen, Bürsten, Scheren, Feilen, Parfümflaschen, Augenstiften und Schminkschachteln, lehnte ein Kopf von Lygia, in greller Beleuchtung gezeichnet, ein Kopf mit wild verzerrten Augen und wirrem, aufgelöstem Haar. Der wie zum Schrei geöffnete Mund entblößte eine Reihe makelloser Zähne. Unter dem Bild stand »Dementia«.

»Sie kann schauspielern, sie hat Raffinement«, sagte der junge Mann laut vor sich hin. Seine Worte kamen nicht so gleichgültig heraus, wie er sie auszusprechen sich unwillkürlich bemühte. »Und das ist ihre Mutter«, fuhr er noch lauter, ja fast mit einem freudigen Schrei fort, indem er sich dicht an das vergilbte Porträt einer alten Frau beugte. Ein Kranz noch feuchtfrischer Tannenzweige war über das Bild gehängt. Berthold sah nach der Uhr. Es war so ganz still in dem Zimmer. Nur ein Kanarienvogel schrie unaufhörlich Pie-eps, pie-eps. Sein Käfig stand zwischen grotesken Kakteen und kleinen, aber gut gepflegten Palmen auf dem einzigen Fenstersims. Man hatte ihm einen Berg von Futterkörnern aufgeschüttet, der für einen Monat ausreichen konnte, doch das Trinkgefäß des Vogels war leer. Die Erde in den Gewächstöpfen war hart und trocken. Berthold überzeugte sich davon, während er lange vor dem Fenster, oder wie er es taufte, vor Lygias »Garten« auf- und abschritt. »Warum kommt sie nicht!« redete er den Vogel an, und als dieser keine menschliche Antwort gab, nannte er ihn ein dummes Tier, das nichts verstände als Pie-eps zu schreien und blanke Kupferstäbe zu beschmutzen. Dann wollte er wieder auf dem Stuhl Platz nehmen, aber dieses Möbel hinkte, darum vertiefte er sich lieber in einen bequemen Klubsessel und begann seine Begrüßungsrede mit Betonung der einundzwanzig Nägel zu memorieren. Er sah wieder nach der Uhr, erhob sich wieder, ging wieder geraume Zeit auf und ab.

Lygias Bett war aufgedeckt. Wie sauber es glänzte! Berthold erinnerte sich an den Schnee. Zu Fußende war ein Spiegel und darüber ein Kruzifix angebracht, hinter dem eine Hundepeitsche steckte. Auf den mit Stickereien durchbrochenen, luftig aufgebauschten Kissen lag ein Stoß weicher Spitzenhosen. Herr Sievers hielt kurz den Atem an, verdrehte die Augen, tauchte für einen Moment das Gesicht in die Wäsche und, obgleich er sich allein wußte, trat er doch darauf schnell und verlegen zurück. –

Pie-eps, pie-eps klang es vom Fenster her. Er ging auf und ab, trat ans Bücherregal und fing an, die Bände der Reihe nach herauszuziehen; Pakete, die ihn nicht erreichten, von Jakobus Schnellpfeffer, Rabelais, Gontscharows »Oblomow«, Goethes Gedichte, Ursache und Behandlung der Maul- und Klauenseuche, Die Kindsmörderin –

»Wem gehören diese Bücher?« fragte er sich. »Es ist doch viel Gutes darunter, und der Kupferstich über dem Regal ist vorzüglich.«

Er lächelte, gähnte rücksichtslos und freute sich über die Unbefangenheit, mit der er Lygias Zimmer untersuchte. Trotzdem erkaltete sein Behagen an einem gewissen Gefühl des Fremdseins, ohne daß er sich dessen bewußt ward, und wie es ihm nicht gelang, die beobachteten Einzelheiten zu einem ganzen Gebäude zusammenzufügen, so fand er auch keinen Übergang von Lygias Häuslichkeit zu seiner eigenen.

Pie-eps, pie-eps klang es durch die Stille.

Es war spät geworden. Er sah es an der vorgerückten Dämmerung, deren Schatten das Zimmer merkwürdig entstellten. Er entzündete eine schlecht geputzte Stehlampe – mit der rotglasigen Ampel überm Bett verstand er nicht umzugehen. In spielerischen Schritten, den Kopf auf die Brust geneigt, umkreiste er mehrmals den Tisch. Später setzte er sich an den Schreibtisch, zog Schubfächer heraus und – er wußte, daß es unrecht war – begann Briefe durchzulesen.

Es waren ihrer viele, aber er las sie alle, bedächtig, langsam, mit zunehmender Spannung. Währenddem wurde sein Gesicht von einem Ausdruck des Ernstes und von einer edlen Ruhe verschönt.

Um ihn herum war alles still, auch der Vogel am Fenster schwieg jetzt. Herr Sievers saß lange Zeit vor den Briefen. Seine Gedanken errichteten Stufe für Stufe die Treppe, auf welcher Lygia Valtin geschritten – abwärtsgeschritten war. Er stellte sie sich vor, wie sie zaghaft ans Geländer geklammert, hinabgeschlichen, wie sie, als dieses aufgehört hatte, gestolpert, gefallen war, sich aufgerichtet hatte, wieder vorsichtig, dann leichtsinniger über die kalten Stufen gelaufen, zuletzt getanzt war und nun im Schwung nicht mehr einzuhalten vermochte.

»Wie verwunderlich ist das Leben«, sagte er, als ob er etwas ganz Neues ausspräche, und fügte hinzu: »Wo bleibt sie nur? Und ob mich denn die Wirtin ganz vergessen hat?«

Indes mahnte ihn plötzliche Müdigkeit an eine Nachtwache. Ihn wandelte das Verlangen an, sich auf Lygias Diwan auszustrecken und einzuschlummern wie ein Märchenprinz in fremdem Garten, ohne zu wissen, wie er erwachen, wer ihn wecken würde. Wunderschön mußte es doch sein, jetzt sanft, allmählich jede Klarheit zu verlieren, hinüber zu gehen in die Träume, willenlos dem Gedanken ergeben, daß er sich Unbekannten überlasse, daß Unbekannte ihn, den Unbekannten, finden würden. Und als er sich wirklich ganz leise, behutsam, aber doch bequem neben der flachsblonden Puppe niederließ, auf dem Diwan, der gewiß schon oft das Rauschen von Seide, das Stammeln der Leidenschaft und die herben Seufzer der Einsamkeit vernommen hatte, da ging eine leise Traurigkeit über ihn.

So lag er und sann über Lygia nach. Was würde sie wohl sagen und mit welchen Bewegungen, welcher Stimme? Ob sie wohl sehr spät käme? Aber er hatte sechs Stunden gewartet, er konnte auch sieben Stunden warten. »Vielleicht kommt sie nicht allein«, überlegte er, »und sie ist kühl, verwundert, dankt trocken, und ihr Begleiter lacht. Vielleicht kommt sie doch allein, die schlanke Frau, von der ich so viel weiß. Sie kann auch böse sein oder mit der Zunge anstoßen, oder, ohne über meinen Besuch zu erstaunen, sich auf meine Knie setzen.«

Ihm fiel jenes Sprichwort ein, das mit einfältigen Worten eine hübsche Weisheit faßt: Wenn's am besten schmeckt, soll man aufhören.

Herr Sievers erhob sich hastig. Er schlüpfte in seinen Mantel, setzte den Hut auf, knüpfte das gefundene Notizbuch wieder in das Seidentuch und warf es nahe dem Kleiderständer auf den Boden. Er tat das mit einer wachsenden inneren Aufregung. Dann verließ er das Zimmer. Jedoch im Rahmen der geöffneten Tür kehrte er nochmals um, ergriff einen Meißener Waschkrug und goß mit zitternder Hand Wasser in die Gewächstöpfe und in den Trinknapf des Kanarienvogels. Nun schlich er davon und erreichte die Straße, ohne jemandem begegnet zu sein.

Und obwohl er müde, hungrig und ungewaschen heimkehrte, erfüllte ihn doch ein geheimnisvolles Behagen, wie es ein guter Mensch empfindet, der durchs Schlüsselloch etwas Ungeniertes beobachtet hat, wie etwa ein Vater, der seinen Kindern so zugesehen hat.

Ja, auch er, Berthold, hatte durch ein Schlüsselloch, durch das Schlüsselloch eines Lebens geschaut, und da er daran dachte, daß es Millionen solcher Leben gab, von denen jedes wieder seine eigene Gestaltung besaß, war es nicht nur Behagen, was ihn erfüllte, war es ein tiefes Ergriffensein vor der Unermeßlichkeit der Menschheit.

Die Krokusgeheimnisse oder Die Prinzipien

»– und ich wiederhole: Wer mein Schwiegersohn werden will, muß zuvor zehn Mille bei mir deponieren; zehntausend Rückenmark, wie ich das nenne.«

»Woher soll ich die nehmen?« fragte Max Timber bitter. »Sie wissen doch, was ich als Gärtnergehilfe verdiene.«

»Es ließe sich damit sparen. Aber Sie sparen nicht, sondern Sie spekulieren damit.«

»Aber doch redlich! Mit meinem Geld! Auf eigene Gefahr!« rief Herr Timber und erregte sich.

»Durchaus redlich. Aber ich hege das Prinzip: erst Verdientes sparen und sichern, dann neu verdienen und damit riskieren. Nur damit!«

»Ich«, sagte Timber bescheiden, doch sehr sicher, »ich bin der Meinung: Wir Anfänger sollen Verdientes riskieren und wieder riskieren, bis wir einmal mit Gewonnenem gründen, und dann sollen wir anfangen zu sparen und zu sichern.«

»Nun, das ist auch ein Prinzip.« Herr Heimsick nickte vor sich hin, dann streichelte er zweimal ein Knie des jungen Mannes und holte so aus: »Meine Eva ist ein reines, unberührtes und ehrliches Mädchen. Ihr künftiger Mann soll ein redlicher und tüchtiger Kerl sein. Wenn er zudem noch, wie Sie, lieber Timbermax, beruflich in mein Fach schlüge, daß er in meine Firma einträte, um sie nach meinem Abkratzen einmal ganz zu übernehmen – – C. F. Heimsick

Nachf. – Sämereien *en détail* – eventuell sogar – – Inhaber Max Timber – dann – – Aber Rückenmark! Rückenmark muß er haben! Bringen Sie mir eines Tages das – die Rückenmark, erworben nach meinem Prinzip oder nach Ihrem Prinzip. Bis dahin bleibt zwischen uns dreien selbstverständlich und hoffentlich – ich bitte Sie, unseren vertrauten Hausfreund, darum – alles beim alten.«

Max brachte traurig das Resultat seiner Werbung zu Eva. Evchen seufzte und machte ein trauriges Gesicht, aber beide sprachen nicht weiter darüber, denn sie waren nicht geschwätzig. Im übrigen blieb alles beim alten. Max fand sich täglich bei Heimsicks zum Abendbrot ein. Er berichtete über sein Tagewerk oder schwärmte von seinen privaten Versuchen und Plänen – – Trüffelzucht in Sachsen – – Marienkäferzucht an Rhein und Mosel – – Kreuzung von Baum- und Gemüsekulturen – usw. in weitem Bogen. Evchen folgte dem mit teilnahmsvollem Gesicht, und der Vater hörte glücklich heiter mit sichtlichem Interesse zu. Mittwochs und freitags begleitete Herr Timber dann das Mädchen um neun Uhr noch zur Klavierstunde. Es war zwar eine recht unschicklich späte Stunde, aber Herr Marsalino hatte keine andere frei, und man konnte sich glücklich preisen und geehrt fühlen, bei dem berühmten und allbegehrten italienischen Meister überhaupt aufgenommen zu sein. Jedoch auch wenn Max sie um zehn Uhr von dort wieder abholte und ehrsam schnurstracks heimbrachte, war Evchen nicht zu bewegen, seinen Arm anzunehmen. Sie lehnte das prinzipiell ab. Max war auch schon glücklich darüber, neben ihr herschreiten zu dürfen, und wenn er zwischen dem wenigen, was sie unterwegs sprachen, einmal sie anblickte, dann sah er in ein glückliches Gesicht. Am Ende des Gartens nahmen sie herzlich Abschied, und wenn Eva gegangen war, trat Max in einen Winkel zwischen Mauer und Laube, der so dunkel war, daß man die hintere Hausfront beobachten konnte, ohne selbst bemerkt zu werden. Dort wartete er noch, bis im Parterre in Evchens Schlafzimmer Licht aufging und bis dann zwei Minuten später im ersten Stock in Herrn Heimsicks Schlafzimmer Licht aufging.

Eines Nachts wollte dieses zweite Licht nicht aufgehen, obwohl Evchens Lampe schon seit einer Viertelstunde verloschen war. Dagegen geschah etwas noch nie Dagewesenes. Aus der Haustür trat Herr Heimsick, ging, vielmehr schlich sich am Haus, sodann ein Stück an den Pappeln entlang und schritt dann lautlos geradenwegs auf die Laube zu. Max fand knapp noch Zeit, sich ein paar Schritte zurück hinter ein Gebüsch zu retten. Vater Heimsick blieb genau an der Stelle stehen, wo Timber gestanden hatte, nach allen Seiten ausschauend und lauschend fegte er mit dem Fuß behutsam den Unrat beiseite, der sich in dem vernachlässigten Winkel angesammelt hatte. Unterm Mantel hielt Herr Heimsick mit der linken Hand offenbar etwas verborgen. Jetzt zog er mit der anderen Hand etwas Blitzendes aus der Tasche, kauerte sich nieder und begann ein Loch in den Boden zu schaufeln. Dahinein legte er endlich bedächtig einen Gegenstand, deckte ihn wieder mit Erde und die Erde wieder mit Unrat zu, lauschte nochmals nach allen Seiten und schlich, wie er gekommen, wieder ins Haus zurück.

Nach kurzem Kampfe mit seiner Neugier und seinem Gewissen brachte es Timber über sich, den Gegenstand auszugraben und heimzutragen; doch nicht ohne die Spuren seines Einbruches vorher wieder zu verwischen. Der Gegenstand war ein Paket, das eine verlötete Teebüchse enthielt. Darin lagen in Goldstücken und Geldscheinen zehntausend Mark. O Gott! O Gott! Herrn Heimsicks Rückenmark! Dabei ein Zettel mit den Worten: »Gespart von Deinem Vater.«

In nächster Nacht schlich Max wieder nach dem Winkel und säte mit bebenden Händen Krokussamen unter den Unrat in die Erde. Dazu betete er: Gott möge sein Vorhaben segnen.

Die zehn Mille verwandte er insgeheim zu Unternehmungen und Experimenten. Er spekulierte und kalkulierte und verkalkulierte sich, kaufte und verkaufte. Ein Tausender nach dem anderen schmolz ergebnislos dahin, und als Max den letzten auf eine einzige Karte setzte, erzielte er schließlich einen Gewinn von elftausend Mark. Damit eilte er zu Heimsicks.

Evchen war erkrankt. Sie lag zu Bett. Ihr früheres Kindermädchen, später Hebamme geworden, pflegte sie nun. Evchen empfing Max nicht. Sie empfing nicht einmal ihren Vater. Sie empfing prinzipiell keinen Mann im Bett. Von der Pflegerin erfuhr Herr Heimsick, daß es sich um eine zwar ungefährliche, aber unter Umständen langwierige Unterleibssache, um eine Frauenkrankheit handelte.

»Herr Heimsick«, stammelte Max und errötete, »ich habe mit meinem kleinen Gelde wieder und wieder spekuliert, und ich habe elftausend Rückenmark erzielt, und ich bitte wieder um Evchens Hand, und soll ich sie einer Bank überweisen oder – –?«

Herr Heimsick erblaßte, aber faßte sich schnell. »Nix Bank!« sagte er. »Eine Bank kann fallieren.«

»Ja, kann -lieren«, stammelte Max. »Sie stecken es also in Ihr Geschäft, wir arbeiten damit.«

»Nein«, rief Heimsick, »wir arbeiten nicht damit. Ich quittiere Ihnen. Aber das Geld nehme und behalte ich in Gewahrsam unberührt und unverzinst, solange ich lebe.« In Timber stieg ein schweres Ahnen auf.

Zwischen Heimsick und Max einerseits und Evchen nebst Pflegerin andererseits wurde durch eine verschlossene Tür folgendes vereinbart: Max sollte sofort zum gleichen Salär, wie er's bisher als Gartengehilfe bezogen, als Lehrling in die Samenhandlung eintreten, um sich dort einzulernen, bis Evchen gesund wäre, was allerdings ein Vierteljahr dauern könnte. Aber dann sollten auch nach großzügig moderner Auffassung Verlobung und Hochzeit zugleich gefeiert werden, und Max würde schnell avancieren – – eventuell Prokura – –

In dieser Nacht fand Heimsick keinen Schlaf. Beim ersten Morgenlicht unternahm er einen Spaziergang durch den Garten, dabei musterte und betastete er gleichsam spielerisch wie vielerlei so auch den Winkel an der Laube. Da entdeckte er zu seinem maßlosen Erstaunen allenthalben unter dem Unrat junge, rührende, unschuldige, leuchtende Krokusse. Sollte an der Teebüchse –? – – Herr Heimsick brachte Gott ein stilles Gebet dar, worin er ihm dankte, daß er sein Beginnen gebilligt und gesegnet und sein Geheimnis durch diesen zarten Blumenpanzer noch mehr gesichert habe. Seiner Tochter und seinem Lehrling aber erzählte er strahlend, daß durch irgendwelchen Zufall in jenem sonnenverbannten

Winkel Krokusse aufgeschossen seien, und deutete das als ein gutes Omen. Das Wunderbeet sollte fortan und, solange er lebe, ein unantastbares, heiliges Familienbeet bleiben.

Es fiel Timber leicht, sich in das Geschäft seines künftigen Schwiegervaters einzuarbeiten. Er entwickelte vom ersten Tage an den größten Eifer, innerlich aber war ihm nicht wohl zumut. Wo würde der Alte die elf Mille hintun? Und ob er bei solcher Gelegenheit – –? Mit anbrechender Dunkelheit verbarg sich Max im Garten, beobachtete stundenlang das Krokusbeet.

Richtig, in der dritten Nacht sah er den Alten auf dieses Beet zustreben. Wieder trug er einen Gegenstand. O Gott! O Gott! – – Aber – – Gott sei gelobt! – Er griff den heiligen Krokushain nicht an. Sondern er maß zehn Handspannen vom Rande desselben nach rechts ab, und an dem Endpunkte vergrub er das Paket, vergrub er sein, Maxens, Rükkenmark. Und dann – Max sah es deutlich und lächelte dabei gerührt und triumphierend, während er noch mit den Zähnen klapperte – dann steckte Vater Heimsick kleine Zwiebelchen in das Erdreich vom Krokusbeet bis über das neue Versteck hinaus.

Max hatte dem Teufel einmal den kleinen Finger gereicht. Um es kurz zu erzählen: Er stahl auch das zweite Paket und fand zu Hause wieder in einer Teebüchse sein Rückenmark, elftausend Mark, ja sogar noch viertausend Mark mehr mit einem Zettel »Dies sparte Max Timber für Eva Heimsick«. Max weinte und betete.

Bald wurde der Lehrling eine bedeutsame, fast unentbehrliche Stütze des Samenhändlers. Mit dem Gehalt, das er monatlich bezog, ging er übertrieben sparsam um. Vom

Überschuß kaufte er praktische Geschenke für Evchen und Gegenstände der Aussteuer. Heimlich aber spekulierte er mit den fünfzehn Mille und verlor und verlor, bis er nach Monaten fünfundzwanzigtausend Mark gewonnen hatte. Da betete er und weinte. Und füllte und verlötete wieder die beiden Teebüchsen, nur daß er die fünfzehntausend in Heimsicks Büchse und die zehntausend in seine eigene tat.

Unterdessen hatte sich etwas anderes Geheimnisvolles begeben. In einer dunklen Nacht war Evchen mühsam nach dem dunklen Winkel gewankt, und sie hatte mit schwachen Händen ein Paket, ein in Tücher gewickeltes Etwas, genau in die Mitte des Krokusbeetes, das sich im Laufe der Zeit weiter ausgedehnt hatte, eingegraben. Später hatte sie dann folgenden Brief an ihren Klavierlehrer geschrieben: »Enrico, ich habe Dir etwas Trauriges und doch auch Erfreuliches mitzuteilen: Es ist tot. Aber nun ist auch alles zwischen uns aus. Ich heirate demnächst einen Mann, den ich mehr als Dich lieben lernte. Wir, Du und ich, dürfen uns nie wieder sehen, tue das Deinige dazu und vergiß Eva.«

Enrico Marsalino war sowieso der Boden zu heiß geworden, und er trug sich prinzipiell mit der Absicht, das abgegraste Städtchen bald zu verlassen. Vielleicht hatte Evas Brief etwas in ihm erweckt. Vielleicht lag ihm das Posieren unbezwingbar im Blut. Jedenfalls steckte er eines Abends eine Alpakanadel an eine weiße Lilie und machte sich auf, um diesen Abschiedsstrauß auf Evchens Fenstersims niederzulegen. Im Garten mußte er plötzlich beiseite springen in ein schützendes Gebüsch, weil ein anderer Mann sich näherte. Der Italiener wurde stiller Zeuge davon, daß dieser Mann an zwei Stellen je ein Paket verscharrte.

Marsalino grub bald danach diese beiden Pakete aus und fuhr damit, nachdem er auf dem Beete den *status quo ante* hergestellt hatte, nach seiner Heimat Süditalien, auch die Lilie und die Alpakanadel mitnehmend.

Allmählich ward Evchen gesund. Verlobung und Hochzeit wurden gefeiert in einem pompösen Fest, dabei sich Timber und Heimsick dauernd betrunken umarmten.

»Dein Prinzip ist das richtige!« rief der Alte.

»Nein, dein Prinzip ist das richtige!« rief der Junge.

»Nein, deins!« – »Nein, deins!«

Von Prokura war gar nicht die Rede, sondern es wurde die Firma Timber und Heimsick gegründet.

Diese Firma erlebte bald einen riesigen Aufschwung. Timber war der Sparsame, Heimsick spekulierte. Aber weder Schwiegersohn noch Schwiegervater erwähnten jemals die Rückenmarksangelegenheit, denn sie waren glücklich und nicht geschwätzig. Und Evchen machte ein glückliches Gesicht – nein, sie war wirklich glücklich, aber von ihrem Krokusgeheimnis sprach sie nie, denn sie war nicht geschwätzig. Auch Herr Marsalino schwatzte nicht, sondern lebte glücklich in der Ferne.

Jedes Jahr hoben rührende, unschuldige, leuchtende Krokusse ihre Köpfchen aus der Erde, aber sie schwatzten nichts aus, denn sie waren glücklich.

Man könnte nun fragen, ob und wie jene Krokusgeheimnisse jemals aufgedeckt wurden, oder wenn nicht, woher ich sie wüßte, aber ich bin auch nicht geschwätzig und lebe glücklich. Ich bin ein rührender, unschuldiger, leuchtender Krokus.

Die Freude an Komödie

Herr Wegen wollte es gar nicht bemerken, daß sie eine so schöne, zierliche und gewandte Frau war. Aus der Passagierliste wußte er, daß sie Alice Bartens hieß und eine junge Witwe aus Naumburg war. Auch mußte sie reich sein. Von der Fluggebühr abgesehen, hatte sie freiwillig noch fünfhundert Mark für den Vereinsfonds gestiftet. Für all das wollte Dr. Wegen sich gar nicht interessieren. Wenn er sie immer wieder lange aus nächster Nähe betrachtete und beobachtete, so lag das nur an seiner Situation, die einen weniger pflichtstrengen Führer weit verlockt hätte: Mit ihr allein zu sein, in einem engen Nest, viele hundert Meter über Naumburg.

Er instruierte sie vorschriftsmäßig über das, was mit Lebensgefahr zusammenhing. – Nicht die rote Leine berühren, die dazu dient, bei der Landung die Hülle zu spalten. – Um Himmelswillen nicht rauchen… Gasatmosphäre… Explosionsgefahr. – Sie erlebte zum erstenmal einen Freiballonflug, deshalb erklärte er ihr auch andere Einrichtungen und Vorgänge. Knapp sachlich und lebhaft selbst interessiert. – – »Wir sind eine halbe Stunde unterwegs und jetzt neunzehnhundert Meter hoch –«

»Aber immer noch über der Festwiese?!«

»Ja leider. – Windstille. – Wir müssen versuchen, die graue Wolkenschicht über uns zu erreichen. Dort scheint Strömung nach Süden. Ich möchte gern hinter jenes Wäldchen.«

Er hakte einen schweren Ballastsack los, schüttete dessen Inhalt über Bord.

»Sind da Steine drin?«

»Sand.«

»Aber das fällt doch mitten ins Publikum?«

»Unmerklich. Es verteilt sich in der Luft.«

Sie beugte sich über den Gondelrand. Er schaute durch ein Fernglas nach Süden, suchte ein Ziel mit günstigen Landungsmöglichkeiten. – Bis ihn ein Aufschrei schreckte. – Frau Bartens starrte wie zuvor in die Tiefe. Aber als er sich zu ihr beugte, war ihr Gesicht totenbleich. Er klappte einen Rohrsitz auf und zwang sie behutsam, sich zu setzen. »Ist Ihnen nicht wohl? – Was? – Schwindelgefühl? – Das kommt selten vor. Es ist mein fünfundzwanzigster Flug.« – Er schraubte einen Aluminiumbecher von einer Flasche, füllte ihn mit Kognak. »Bitte.«

Sie warf den vollen Becher im Bogen aus der Gondel, lächelte. »Danke! Mir ist besser. – – – Wohin fällt der Becher?«

»Wohin ihn der Zufall trägt.«

»Was ist hier Zufall?«

»Je nun – eine Kombination – das Resultat von Schwere, Wind, Ort, Zeit und – Gott weiß, was.«

»Weiß es Gott wirklich?«

»Meiner Ansicht nach: Ja.« Dr. Wegen war es anzusehen, wie unbehaglich das Gespräch ihm wurde. Und doch dachte er: Eine geistreiche, eine interessante Frau! – Da er sich diesen Vorzügen nicht gewachsen fühlte und weil sie jetzt den Kopf traurig nachdenklich in die Hand stützte, wandte er sich rücksichtsvoll ab.

Der Wind hatte den Ballon gefaßt, trug ihn südsüdwestlich, fast zu schnell. Dr. Wegen beobachtete, kalkulierte, zog einmal an der Gasleine, was einen piepsigen Ton gab. Dann, sich nach Alice umsehend – – – Er tat einen Sprung, hob sie, die mit einem Bein über der Brüstung hing, energisch hoch und legte sie wie eine Puppe auf den Boden der Gondel. »Was machen Sie?!«

»Lassen Sie mich hinunterspringen.« Sie hatte die Augen geschlossen. Ihre Stimme klang leise, flehend.

»Sie?! Haben Sie Ursache, sich den Hals zu brechen?«

Sie warf ihm einen mißtrauischen Blick zu. »Haben Sie niemals in Ihrem Leben jemanden aus tiefster Seele – so zum Ersticken gehaßt?«

Wie ihre Augen funkeln! Ein rassiges Weib! »Doch! Vielleicht! Aber in solcher Höhe vergißt man's. Wir sind jetzt zweitausendvierhundert Meter hoch.«

»Ich muß hinunterspringen!«

Er drückte sie zurück. »Wegen eines Hasses, – lächerlich! – Wegen einer Eifersucht, nicht wahr?«

»Nennen Sie es so. Aber ich muß! Ich will Ihnen sagen, warum.« Ihre Stimme schwoll dabei zum Schreien. »Ich habe sie – getötet! Ich bin eine Mörderin!«

Er fuhr doch zusammen. Dann riß er an der Gasleine, ließ Gas ausströmen. – Was sollte er ihr sagen? Das war ja ein Teufel, eine aufs Ganze Gehende. – – – »Stellen Sie sich der Polizei!«

»Man wird mich köpfen. Ich habe das Leben so lieb.«

»Das hatte Ihr Mordobjekt wohl auch? – – Wenn Ihre Behauptung überhaupt wahr ist.«

»Sie ist wahr. Bitte lassen Sie mich – – Sehen Sie weg!«

»Rühren Sie sich nicht!« sagte Wegen streng. Er wußte wohl selber nicht, was ihn am meisten erzürnte. Daß die Bemerkungen »Ich habe das Leben so lieb« und »Lassen Sie mich hinunterspringen« nicht zusammenstimmten. – »Ich werde landen!« Er ließ abermals Gas entströmen.

»Werden Sie mich anzeigen?«

»– Ja. – Ich muß es.«

Sie schrie: »O nur nicht geköpft werden! Freiwillig sterben! Ich reiße die Hülle auf! –« Sie wollte nach der roten Leine. – – –

Aber er parierte, drückte die um sich Schlagende brutal zu Boden. – Dieses Luder! – Und zum erstenmal war auch er unterwegs nervös. Er gab kurz hintereinander immer wieder Gas, blickte nach den Instrumenten und in die Tiefe. Warf einen Papierstreifen aus und beobachtete ihn. Behielt alles im Auge, auch sie, diese Bestie Alice. – – Was tat sie jetzt?! Sie holte Zündhölzer hervor – wollte – Er stieß einen ebenso gotteslästerlichen wie unanständigen Fluch aus. Seine Geistesgegenwart war noch schneller als der Fluch. Er warf sich über Alice, verdrehte ihr schmerzhaft das Handgelenk, daß sie die Zündhölzer freigab. – Riß ihr die Arme auf den Rücken. – Tastete, fand einen Strick, band ihre Arme zusammen. – Sie ist wahnsinnig! – Band dann ihre Füße zusammen. – All das ein schwieriges Werk, obwohl sie sich gar nicht mehr wehrte – Verdammt! Wir fallen ja viel zu schnell!

»Werden Sie mich anzeigen?« Es klang ebenso verzweifelt wie giftig.

»Selbstverständlich!«

»Dann werde ich sagen: Sie lügen und Sie wollten mich vergewaltigen – –«

Ihn überkam die Wutlust, sie zu schlagen. Aber es war nicht Zeit. Er schnellte auf, blickte aus dem Korb hinunter, löste mit sicheren Messerschnitten die Bändsel, die das Schlepptau hielten. Hastig nach allen Seiten zugreifend, gewann er seine Kaltblütigkeit zurück. Er warf ein Sandgewicht nach dem anderen ab. Als er den letzten Sack leerte, war sein Gesicht totenbleich. Da hängte er sich mit der ganzen Wucht seines Körpers in die rote Leine.

Es gab ein krachendes Aufschlagen. Die wehrlose Alice wurde hochgeprellt. Und noch solch ein Aufschlagen. Dann stand die Gondel still. Stand etwas schräg in einem Acker, neben dem kläglichen Durcheinander von Tauwerk und toter Ballonhaut.

Herr Wegen sah auf die liegende, gefesselte – Mörderin. »Haben Sie sich wehgetan?« Sie schüttelte schweigend den Kopf, wimmerte nur. »Ist es wahr, daß Sie getötet haben?«

»Ich hasse diese Frau so.«

»Ist es wahr, daß – –«

»Ich weiß es nicht. Ich habe vorhin, – als wir noch über der Wiese schwebten –, mein Taschenmesser geöffnet und hinuntergeworfen –«

Wegen drehte sich einmal um sich selbst, um seine Erleichterung zu verbergen. »Das kann irgendeinen ganz Unschuldigen treffen –«

»Ich habe dabei Gott gebeten, es zu lenken.«

»Wissen Sie«, sagte Wegen nun sehr ernst, »daß wir – durch Ihre Schuld soeben fast verunglückt wären? Daß wir soeben einem schlimmen Tode ganz knapp entgangen, daß wir um Handbreite an einer Starkstromleitung vorbeigekommen sind?« Sie schweigt. Das versteht sie wohl nicht. –

»Vielleicht hatte Ihre Nebenbuhlerin auch Ihnen den Tod gewünscht.«

Alice schwieg. Sie weinte ganz still vor sich hin, unaufhörlich. Weil sie die Tränen nicht abtrocknen konnte, hatte sich auf dem Wachstuch unter ihrem Gesicht ein Tränen-Seelein gebildet.

Er band sie los. »Wie sah das Messer aus?«

»Ein gewöhnliches Messer mit einer Klinge. Aber auf beiden Perlmutterschalen die Buchstaben A und B in Gold eingelegt.«

»Wie heißt Ihre Feindin?«

»Frau Eva van Stowen.«

»Wo wohnt sie?« Frau Bartens gab frei und einfach Auskunft. Dr. Wegen notierte alles. – »Frau Bartens, wenn Sie ernstlich in Bedrängnis kommen, werde ich mich für Sie einsetzen. Klettern Sie nun hinaus.« – Sie befolgte stumm seine weiteren Anordnungen, half ihm die Instrumente zur nächsten Ortschaft tragen. Dort trennten sich die beiden.

War die Geschichte mit dem Messer erlogen? Dr. Wegen horchte diskret herum, erfuhr nicht mehr, als daß Frau Eva van Stowen lebte. Er gab ein Inserat auf, darin er dem Finder des Messers fünfzig Mark Belohnung versprach.

Acht Tage später mußte er diesen Finderlohn an einen Beerensucher zahlen. Der hatte das Messer im Walde im Moos gefunden. Fünfzig Mark für diese hysterische Gans! Hoffentlich sehe ich sie nie wieder!

Dennoch verpackte Herr Wegen das Messer und schrieb und legte einen Zettel dazu: »Beiliegendes Andenken zur Versöhnung. Im Auftrage von Frau Alice Bartens.« Das sandte er ohne Absendernennung an Frau Eva van Stowen.

Das Erbe des spinneten Vaters

»Guten Tag, Vater! Fehlt dir was? Ist was vorgefallen? Bist du krank?« Herr Fries legte den Finger auf den Mund und führte voranschreitend den aufgeregten Jüngling ins Schlafzimmer. Dort schloß er die Tür hinter ihm ab, nahm den Schlüssel an sich und kroch damit ins Bett zurück. »Dort ist ein Stuhl.«

Der Alte wird immer spinneter, dachte Bertram wütend, aber gespannt neugierig. Bevor er sich setzte, zog er ein Paket hervor und sagte mild: »Ich habe dir ein kleines Geschenk mitgebracht.« Der Alte wickelte eine einfache Tabakpfeife aus dem Papier, die er flüchtig betrachtete und mit einem »Dankeschön« beiseite legte. »Hör zu«, begann er dann, »ich habe, wie ich dir schrieb, eine wichtige und dringende Mitteilung an dich. Du weißt: Ich leide schon lange an einer unheilbaren Krankheit.«

»Leider!« seufzte der Sohn.

»Mein lieber Sohn, Stiefsohn, ich fühle, daß es mit mir zu Ende geht.« – Bertram machte eine kurze, abwehrende Bewegung. Sein Stiefvater sprach mit gleichmäßig ruhigen Worten weiter: »Du bist, wie du weißt, mein einziger Erbe, und ich möchte heute sozusagen Rechenschaft vor dir ablegen.« Der junge Fries wurde feuerrot.

»Ich habe leider in den letzten Jahren nicht mehr arbeiten können –«

»Das fehlte auch noch«, bemerkte Bertram zärtlich und heiser.

»– sondern habe meine Ersparnisse, soweit ich sie nicht zu deiner Ausbildung verwendete, für meinen Unterhalt, auch für mein Vergnügen verbraucht und dann, als das Bargeld dahin war, mein Eigentum, ein Stück nach dem anderen, verkauft.«

»Das war sehr recht gehandelt«, schaltete Bertram unsicher ein.

»Ja«, sagte der Vater und drehte sich so, daß er dem Sohn ins Gesicht sah, »du hast immer gütige Worte für mich gehabt. Aber im Herzen bist du ein Erzschlingel. – Still! Sprich du jetzt kein Wort! – Du bist ein geriebener, nichtsnutziger, hinterlistiger Galgenstrick. Nicht, weil du mich vor anderen Leuten deinen spinneten Vater nennst, nicht weil du dich darauf freust, von meinem Gelde eine eigene Existenz nach deinem Sinne zu gründen oder ein faules, schwelgerisches Luderleben zu führen, sondern weil deine Herzlosigkeit dabei niemals meinen Tod bedauern würde. Weil du auf diesen Tod so ungeduldig lauerst. – Schweig! – Weil du überhaupt nicht eine einzige edle Regung in dir hast, vielmehr an Geld denkst, nur aus Geldgier handelst und auch das in deiner Feigheit – halt das Maul, wenn dein alter Vater spricht! – nur auf erbärmlichste Weise. Jedesmal, wenn du dich zu deinem einsamen Vater herausbemühtest, brachtest du ein Geschenk mit. Entweder billigen, lieblos gekauften Schund, wie diese Tabakpfeife, oder kostbare Sachen, wie jenes Konversationslexikon, die nur dich selbst interessieren, und weil sie dermaleinst an dich zurückfallen. Denn alle deine Gaben beiderlei Art habe ich, wie du beobachtet hast, sorgfältig aufbewahrt. Du erbst sie, und sie befinden sich augenblicklich alle in diesem Raume; mein anderes Zimmer ist gänzlich leer.« In Bertrams Antlitz hatten sich dramatische Pantomimen abgespielt. Jetzt senkte er den Kopf, was alles mögliche bedeuten konnte. »Da ich aber«, fuhr der Alte fort, »seit langem regelmäßig und ununterbrochen hohe Beiträge für meine Lebensversicherung gezahlt habe, so fällt dir einmal, sofern ich nicht durch absichtliche Gewalt, das heißt nicht durch Mord oder Selbstmord ende, eine stattliche Summe zu.«

»Vater!« stieß Bertram hervor und wollte aufspringen, aber der andere winkte ihn auf den Sitz zurück.

»Endlich erbst du auch noch das dir bekannte goldene Hundertfrankstück, das mir ein altes teures Andenken war. Ich habe jedoch, wie das in solchen Fällen üblich ist, auch ein Anliegen an dich. – Du nickst? Gut! Sei also bitte gleich einmal so liebenswürdig, die erwähnten Lexikonbände zu zerreißen.«

»Wie??«

»Zerreißen, ja, zerstören, mit Vorsatz, mit Kraft!«

»Vater!« rief Bertram erbleichend. »Was hast du?«

»Was ich habe? Ich habe unter der Decke in meiner Hand einen geladenen und gespannten Revolver. Ich habe ferner eine brennende Neigung dazu, dich mit ins Jenseits zu nehmen. Aber du wolltest doch das Lexikon – – –?«

»Wenn du es wünschst –!« rief der Sohn bebend, stürzte nach dem Schreibtisch und zerriß und zerwürgte unter gewaltiger Anstrengung das Nachschlagewerk.

»Gut!« sagte der Vater, der ihn nicht aus den Augen ließ. »Dort steht deine geliebte Biedermeier-Uhr, und dort liegt ein Hammer. Zerschlage!« Der Junge richtete sich entsetzt auf. »Zerschlage«, befahl der Vater, »oder – – –«

Bertram warf einen kurzen Blick nach Tür und Fenster, dann hieb er, anfangs mit vorsichtigen, zuletzt mit verbitterten, blinden Schlägen auf die Uhr ein.

Und alle seine Geschenke zerbarsten, zerkrachten so, vernichtete er. Als aber zuletzt das kostbare Mikroskop an die Reihe kam, da siegte für Sekunden seine Wut über seine Feigheit. Er duckte sich zu einem Sprung. Herr Fries senior zog den Revolver unter der Bettdecke hervor: »Eins! – – – du weißt, daß ich auch heute noch ein guter Schütze bin. – Zwei! – – –« Das Mikroskop zersplitterte. »Gut, mein Sohn. Hier hast du den Schlüssel zur Tür.« Zitternd, seine Wut verbeißend, floh Bertram. Als er über die Hausschwelle wankte, hörte er eine erschreckende, gellende Stimme über sich. Sein Vater, weit aus dem Fenster gebeugt rief: »Lebe wohl, du Erbe eines spinneten Vaters!« Ein Schuß krachte. Der alte Fries lag als Leiche über dem Fensterbrett, halb draußen, halb drinnen.

Bertram war außer sich. Er stürzte davon, kam zurück, raste die Treppe hinauf, rannte mit dem Gewicht seines Körpers die Tür ein, durchwühlte die ganze Wohnung, durchkramte sogar unter fürchterlichen Qualen des Grauens die Taschen des Toten und lief schließlich, wie ein Hund heulend, nach Hause.

Eine schwere Krankheit überfiel ihn. Er war noch bei der ärztlichen und polizeilichen Untersuchung dabei, auch bei der Testamentseröffnung, da er außer Trümmern nichts, nichts erbte. Denn das Hundertfrankstück ward nicht gefunden. Dann zwang ihn sein Fieberzustand ins Bett. Die

Wirtin pflegte ihn liebevoll, obwohl er kein bequemer Patient war, denn in seinen Phantasien schlug er um sich und führte böse Reden. Ein goldenes Hundertfrankstück spielte offenbar eine wichtige Rolle in seinen wüsten Träumen.

Als er wieder genesen war, erhielt er einen eingeschriebenen Brief eines ihm unbekannten Herrn aus London: »Sehr geehrter Herr, zu dem traurigen Ableben Ihres Herrn Vaters spreche ich Ihnen nachträglich mein innigstes Beileid aus. Der Verblichene war ein alter Freund von mir. Ich mußte ihm seinerzeit eidlich versichern, daß ich drei Wochen nach seinem Tode Ihnen mitteilen würde: Er, Ihr Herr Vater, hätte kurz vor seinem Ende ein Goldstück verschluckt. Diesen mir heiligen Auftrag möchte ich hiermit erledigen. Indem ich Sie bitte, mir das zu bestätigen, bin ich mit dem Ausdruck vorzüglichster Hochachtung Ihr ergebenster X. X.«

Das brachte Bertram aufs neue in eine schreckliche Verfassung. Der spinnete Lump hat es verschluckt. Ruhelos, in wirrem Grübeln wanderte der Sohn zum Friedhof und wieder heim und wieder zum Friedhof. Aber er konnte doch unmöglich das Grab öffnen. – Leichenschändung. – Und ein anderer – – – ein Berechtigter –? – Würde das Geld unterschlagen. Man könnte den Leichnam doch nachträglich sezieren lassen; aber was kostete das! Und doch – eine goldene Hoffnung dämmerte auf – doch war dies der richtige Weg. Der Vater hatte das Geldstück versehentlich verschluckt. Er war daran – nur daran gestorben, und im Todeskampfe, geistig umnachtet, hatte er – war ihm die Pistole losgegangen. Ein gerissener, eventuell etwas bestochener Advokat hätte mit Erfolg gegen die Versicherungsgesellschaft prozessieren können.

Der junge Fries besaß keinen einzigen Freund. Nun versuchte er, sich mit einem einflußreichen Arzte anzubiedern. Die Obduktion der Leiche wurde vorgenommen und ergab nichts. Man fand weder die Münze noch irgendwelchen Anhalt dafür, daß der alte Fries durch einen verschluckten Gegenstand Schaden erlitten hätte.

Gleichzeitig mit dem ärztlichen Gutachten und einer beträchtlichen Liquidation über alle diesbezüglichen Unkosten erhielt der verzweifelte Sohn ein Schreiben von einem Unbekannten aus Philadelphia: »Im Auftrage Ihres verstorbenen Vaters übermittle ich Ihnen ausdrücklich erst heute beiliegenden Brief. Hochachtend X. X.« Der beigefügte Brief trug in Schriftzügen des Vaters die Aufschrift »Für Bertram« und enthielt einen Bogen Papier mit den von gleicher Hand geschriebenen Worten: »Ich habe, ohne Schaden zu nehmen, das Goldstück verdaut.«

»Der spinnete Schuft!« Bertram begab sich, so schnell er konnte, nach der ehemaligen Wohnung seines Vaters und erbat und erhielt die Erlaubnis, die Abortgrube untersuchen zu dürfen. Mit einem langen Instrument, das er nach aufreibendem Herumfragen auftrieb und das einem riesigen Punschlöffel glich, rührte und fischte er nun einen halben Tag und eine halbe Nacht hindurch in der Grube, er schöpfte sie zuletzt löffelweise aus und um. Doch das Gesuchte war nicht zu entdecken.

Abermals ward Fries junior vom Fieber gepackt, noch heftiger als das erstemal. Und als er endlich, nach Wochen die Krisis überstanden hatte, brachte man ihm die eingegangene Post. Da war wieder ein Brief seines Vaters darunter, im Auftrage desselben von einem Fremden so spät übersandt.

Der Vater hatte sehr undeutlich zwei aufregende Sätze geschrieben: »Ich vergaß, Dir mitzuteilen, daß ich das Goldstück nicht nur verdaut, sondern auch wieder herausgeholt habe. Ich übergab es zur Aufbewahrung für Dich Herrn – – –« Hier folgte ein Name, der noch undeutlicher, ganz undeutlich, der völlig unleserlich geschrieben war.

Es konnte »Tschachach« heißen oder »Mindachs«. Es konnte auch »Rimseck«, auch »Asrauch« oder »Kufwald«, es konnte alle Namen bedeuten, die Bertram nicht kannte.

»Frau Buttermelcher!« schrie er. Die Wirtin eilte erschrocken herbei. Er hielt ihr den Brief hin: »Wie heißt dieses letzte Wort? Heißt es Kufwald? Heißt es – – –«

Die Wirtin drückte ihre Brille fest, studierte das Schreiben in Ruhe und sagte dann: »Das kann ich nicht lesen.« Der Kranke versetzte ihr eine schallende Ohrfeige. Weinend lief sie davon. Er kleidete sich hastig notdürftig an und eilte, den Brief in der Hand, zur Hausmeisterin.

Sie konnte das Wort nicht entziffern.

Er lief zum Bäcker, zum Schlachter, zum Schneider, zu allen Nachbarn, zu allen Bekannten.

Er lief zu Sachverständigen, zu allen Graphologen, zu allen Sammlern von Autographen, zur Polizei und zu allen Behörden. – – –

Man brachte Herrn Fries gewaltsam ins Irrenhaus.

Vom andern aus lerne die Welt begreifen

Ein Märchen

Emanuel Assup war durch Fleiß, Einsicht und Treue ein wohlhabender Gutsbesitzer geworden. Sein einziges Kind, ein stiller Junge, hieß Schelich. Der hatte das Abitur bestanden. Nun sollte er einen Beruf ergreifen. Er äußerte, befragt, etwas unsicher: »Seemann.« Der Vater redete ihm das aus. Das Marineleben sei ein hartes und gefährliches. Schelich könnte mit seiner guten Schulbildung auf anderen Gebieten festeres Glück erreichen. Emanuel Assup führte das sehr sachlich und herzlich aus. Und er ließ dem Sohn danach Zeit, sich in Ruhe auf etwas anderes zu besinnen.

Schelich ging spazieren. Durch den Garten, ans Meer, am Strand entlang, durch den Wald und über die Felder. Er fütterte die Vögel und die Fische und sein Lieblingstier: eine Riesenschildkröte, die ihm der Vater zum Geburtstag geschenkt hatte. Für das Tier war im Garten ein zehn Quadratmeter großes Gehege mit einem Bretterzaun abgegrenzt.

Nach mehreren Wochen erkundigte sich Herr Assup bei seinem Sohn: »Bist du schon mit dir selber einig darüber, was du werden willst?«

»Ich möchte Flieger werden.«

»Nein, mein Junge, das gebe ich nicht zu. Der Fliegerberuf ist ein wagehalsiger, und sein Ruhm befriedigt auf die Dauer keinen geistig begabten Menschen. Überlege dir etwas Besseres. Ich lasse dir Zeit zum Nachdenken, so lange du willst. Aber ich warne dich vor dem Müßiggang. Werde nicht faul, wie es zum Beispiel diese Schildkröte ist, die tagelang auf ein und demselben Fleck liegt und noch nichts geleistet hat.«

Der Sohn antwortete schüchtern: »Ist sie nicht dennoch ein großes Tier geworden?!«

Da wandte sich der Vater lächelnd ab.

Schelich ging zur Schildkröte und fragte sie: »Bist du glücklich?« Aber sie gab keine Antwort, sondern zog sich in ihr Gehäuse zurück.

Schelich fragte die Vögel: »Seid ihr glücklich?«

»Ja! Ja! Weit über die höchsten Türme, Wipfel und Gipfel, durch die lichten und wechselnden Wolken zu jagen, gegen Winde zu steigen; von Winden getragen, sich schwebend zu halten; aus steilen Höhen sich fallen zu lassen, um kurz vor dem Aufprall die fangenden Schwingen zu entfalten und frei zu singen, – – das ist wunderschön!«

Da wurde Schelich sehr traurig. Ohne sich jemandem anzuvertrauen, verließ er eines Morgens das Haus seines Vaters und wanderte davon. Als er nach zwei Tagen den höchsten Punkt eines hohen Berges erreicht hatte, stürzte er sich von einer steilen Felswand hinab. Zweifellos wäre er in der Tiefe zerschmettert, wenn ihn nicht ein großer Vogel mit seinen Flügeln aufgefangen hätte. Der trug ihn nun Meilen und Meilen weit über Länder und Meere durch die Lüfte.

»Fliegen ist schön!« sagte Schelich.

»Ja, fliegen ist schön, aber man muß es erlernen und verstehen.« Und der Vogel setzte den jungen Mann in einer fernen, großen Stadt ab und entflog.

Schelich fühlte sich frohen Mutes und unternehmungslustig. Er suchte und fand eine Stellung bei einer Fliegereigesellschaft und wurde im Laufe einiger Jahre ein geschätzter Luftpilot. Obwohl er zweimal mit seinem Flugzeug abstürzte, kam er doch mit dem Leben davon und blieb gesund. Aber seinem Vater sandte er nicht das geringste Lebenszeichen. Er wollte ihn erst dann benachrichtigen, wenn er einmal durch eigene Kraft ein Vermögen erworben hätte. Das gelang ihm nicht. Er ward des Fliegerlebens überdrüssig, und seine Sehnsucht nach dem Vater wuchs und wurde so mächtig, daß er eines Tages heimkehrte.

Vater und Sohn fielen einander in die Arme. Sie weinten vor Rührung und Dankbarkeit. Dennoch sprach Schelich kein Wort über das, was er erlebt hatte. Und der Vater fragte mit keinem Worte danach, sondern verzieh schweigend. Aber Schelich war ganz erschrocken darüber, wie sehr der Vater inzwischen gealtert war.

Und Schelich wurde noch ernster und nachdenklicher. Er eilte zur Schildkröte, fand sie am alten Platze und fragte: »Wie geht es dir? Bist du glücklich?«

Sie gab keine Antwort, sondern zog sich in ihr Gehäuse zurück.

Schelich entfernte den Bretterzaun, der sie gefangen hielt. Der alte Assup kam zufällig hinzu und sagte erstaunt und nicht ohne Vorwurf: »Warum zerstörst du, was ich errichtet habe!«

Wieder lebte Schelich wie zuvor. Er ging spazieren und fütterte die Tiere. Einmal betrat er das Arbeitszimmer des

Vaters und teilte diesem ruhig mit, daß die Schildkröte entflohen wäre. Assup senior erregte sich sehr. Er wollte sofort seinen Jäger und ein paar Knechte veranlassen, die Verfolgung aufzunehmen. Schelich beruhigte ihn: »Es ist nicht nötig, Vater. Ich habe die Schildkröte bereits aufgespürt. Sie liegt drei Fuß weit von der ehemaligen Zaungrenze entfernt.«

Vater Assup lachte und klopfte dem Sohn freundlich auf die Schulter. Plötzlich wurde er wieder ernst und sagte, sich abwendend, leise: »Man kommt nicht weit, wenn man sich heimlich entfernt.«

Schelich fragte die Fische: »Seid ihr glücklich?«

»Ja! Ja! Sich von den kühlen Fluten so gütig weich allseitig umspülen, sich treiben zu lassen und tief zu tauchen in dunkles Reich, wo Wunder blinken; ohne zu ertrinken, durch hohe Wellen, durch Strudel und zischende Böen zu reisen, sich vorwärts zu schnellen; das Fließen von Kühlung zu genießen, – – ach, das ist wunderschön!«

Da wurde Schelich noch trauriger. Er ruderte heimlich mit einem Boot hinaus in die hohe See und sprang dort über Bord, um sich zu ertränken.

Wäre auch ertrunken, weil er nicht schwimmen konnte. Aber wie er so tiefer und tiefer absackte, fuhr ihm auf einmal ein großer Fisch zwischen die Beine. Der trug auf seinem Rücken ihn zur Wasseroberfläche empor. Und dann auf weiter Reise davon, nach einem fernen Lande. Dort setzte er ihn in seichtem Strandwasser nahe einer Hafenstadt ab.

»Ach, schwimmen und reisen ist schön!«

»Ja, aber es will erlernt sein.« Mit diesen Worten entschwand der Fisch.

Schelich watete ans Ufer. Er war voller Energie und Hoffnung. Es glückte ihm bald, sich auf einem Segelschoner als Schiffsjunge zu verdingen. So fuhr er zur See nach entlegenen Küsten und wurde ein guter Seemann. Aber wiederum sandte er keinerlei Nachricht nach Hause, obwohl er diesmal noch stärkere Sehnsucht nach dem Vater empfand als damals in seiner Pilotenzeit. Er wollte so lange als verschollen gelten und nur fleißig arbeiten, bis er dem Vater eines Tages als Kapitän gegenübertreten könnte. An diesem Entschluß hielt er fest. Manchmal meinte er, vor Sehnsucht umkommen zu müssen. Auch bereitete ihm sein Beruf auf die Dauer keine Befriedigung mehr. Doch Schelich avancierte rasch, wurde Leichtmatrose, Matrose, dann Bootsmann, dann Steuermann.

An dem Tage, da er sein Kapitänspatent erhielt, ließ sich ihm ein Knecht aus seiner Heimat melden. Der hatte sich auch entschlossen, Seemann zu werden, und er brachte Schelich nun die Nachricht, daß Emanuel Assup vor einem halben Jahre gestorben wäre.

Da kam ein schweres Schmerzgefühl über den Sohn. Er reiste, so schnell er vermochte, heim.

Am Grabe des Vaters fiel er nieder und schluchzte bitterlich. Dann trieb es ihn zu der Schildkröte. Auch sie war tot. Ihr Gehäuse mit den verwitterten Resten lag noch am alten Platz. Schelich bettete die Tierleiche in die Erde ein, neben dem Grabe des alten Assup.

Schelich irrte verzweifelt umher, fragte die Vögel und Fische, warum sie glücklich wären und warum er nicht glücklich wäre. Doch die Vögel und die Fische antworteten ihm nicht mehr.

So machte er sich, unendlich einsam, daran, den Nachlaß seines Vaters zu ordnen. Im Schreibtisch entdeckte er ein schlichtes Notizheft. Dahinein hatte der alte Herr noch mit zittriger Hand geschrieben:

Es sind die harten Freunde, die uns schleifen.
Sogar dem Unrecht lege Fragen vor.
Wer nimmer fragt, merkt nicht, was er verlor.
Vom andern aus lerne die Welt begreifen.

Der Wunderbrunnen

Märchen

Als die Mutter vom Bauer Stumpf im Sterben lag, rief sie ihren Sohn zu sich und sprach: »Lieber Sohn, sei immer ehrlich, arbeite fleißig und...«. Sie wollte noch mehr sagen, jedoch der Tod hielt ihr den Mund zu.

Stumpf beweinte und betrauerte sie und begann fleißig und ehrlich zu arbeiten, dermaßen, daß er allmählich zu Wohlstand gelangte. Er baute sich ein neues, größeres Haus, welches er weiß und grün anstrich, mit einem roten Ziegeldach darüber, und er schaffte sich nach und nach einen Stall mit Kühen, Ziegen, Hühnern, außerdem neue Äcker und ein Gärtchen mit bunten Blumen an. Auch konnte er sich bald zahlreiche Knechte und Mägde halten, die in dem alten Hause untergebracht wurden und das Feld sowie die Hauswirtschaft bestellen halfen.

So gab es reichlich für jedermann zu schaffen, am meisten aber für Stumpf selbst, welcher denn auch unermüdlich war und an nichts anderes dachte, als wie er seinen Reichtum und seine Macht vermehren möchte. Er arbeitete, aß, trank und schlief und arbeitete wieder und aß, trank und schlief, so jahraus und jahrein, ohne irgend einen anderen Wunsch zu haben, und war dazu überall hoch angesehen. Man hätte meinen sollen, der ehemals ganz arme Bauer müßte nun sehr glücklich gelebt haben, aber es war nicht so, denn der böse, unsichtbare Kobold Unzufried hatte sich durch das Schlüsselloch in sein Haus eingeschlichen, der, ohne daß man seiner habhaft werden konnte, allerorts Schaden und Ärgernis anrichtete. Er hatte Haus, Hof und Gesinde und was drum und dran war behext, so daß das grün-weiß-rote Haus und die bunten Blumen im Garten sich trübselig grau färbten, kein Sonnenschein mehr zu bemerken war, die Speisen und Getränke ihren Wohlgeschmack verloren, die Menschen das Lachen und Singen verlernten, nachts unruhig träumten und darüber mißmutig und schweigsam wurden. Als das dem Bauer Stumpf endlich unerträglich vorkam, suchte er hilflos eine alte Frau im Dorfe auf, welche für außerordentlich weise galt, erzählte ihr, wie er so gar keine Freude am Leben hätte, und bat um Rat.

»Stumpf, Stumpf«, hub die Alte nach langem Bedenken an, »für dich gibt es nur eine Rettung. Mache dich abends allein auf den Weg, bis du das Tal Einsamkeit erreichst. Das Tal ist dunkel, aber du mußt warten, bis die Erleuchtung kommt; dann wirst du das Schloß Sehnsucht, den Demutsbrunnen und die weiße Frau Gnadenlieb erblicken.«

»Und was soll ich dort anfangen?« fragte Stumpf.

»Was dir einfällt«, entgegnete die Frau.

»Und welchen Weg muß ich einschlagen, um in das Tal zu gelangen?« erkundigte er sich.

»Geradeaus!« lautete die Antwort.

Er wollte noch weiter fragen, aber die Alte blieb nunmehr stumm, und so verließ er sie nach Dank und Belohnung.

Ebenso ungeduldig als mißtrauisch erwartete er den Sonnenuntergang, da er sich denn hurtig auf den Weg machte.

Er lief aufs Geratewohl über die Felder in den tiefen Wald hinein, immerzu, immerzu, bis er ganz erschöpft zuletzt nicht vorwärts noch rückwärts wußte, denn er hatte sich verirrt, und es ward nun ganz dunkel um ihn herum, also daß ihn eine gewaltige Angst befiel. In solcher Not blieb er stehen und tat, was er seit dem Tode seiner Mutter nie wieder getan hatte, nämlich er betete.

Kaum waren die ersten Worte über seine Lippen gekommen, so ward es hell und heller im Walde. Der Mond und die Sterne traten hervor. Das Moos und die Blüten der Bäume erfunkelten, und in der Ferne tauchte ein zauberhaftes silbernes Schloß auf. Dorthin zog es den Bauer mit geheimnisvoller Macht; aber er gewahrte auch etwas anderes, was ihn zum Stehenbleiben zwang, weil es noch tausendmal schöner war als das Schloß. Dicht vor ihm rauschte ein Springquell nach einer feierlichen Melodie. Das Wasser floß unaufhörlich und glänzend wie ein Strom von Diamanten in einen runden, tiefen Brunnen hinein. Mitten im Springquell stand eine weiße, hohe, herrliche Frau mit ernsten, milden und wundersamen Augen. Bei diesem Anblick wurde es dem Bauer ganz eigen ums Herz. Er fiel auf die Knie und beugte sich über den Brunnenrand, um die Füße der himmlischen Frau zu küssen. Dabei schaute er in die kristallklare Flut, erblickte auf ihrem Grunde seine verstorbene Mutter und hörte, wie sie sagte: »Lieber Sohn, du hast schwere Schuld auf dich geladen; denn es ist nicht genug, daß du ehrlich und fleißig seiest, sondern du mußt auch anderen Menschen Gutes erweisen und demütig dich vor deinem Gott neigen, dem du alles verdankst.«

Stumpf aber schämte sich gar sehr, und indem er sich noch

tiefer neigte, berührten seine Lippen die Flut, und er trank, ohne zu wollen, einen Schluck von dem kühlen Wasser, worauf ihn ein bisher nie gekanntes, seliges Gefühl durchströmte. »Stehe auf«, rief jetzt die weiße Frau mit gütiger Stimme, »begib dich nach Hause und komme morgen wieder!«

Gehorsam eilte Stumpf von dannen, fand sich auch richtig heim und fiel in einen tiefen, gesunden Schlaf. Am nächsten Morgen schritt er mit erhöhter Lust an sein Tagewerk, das ihm ungewöhnliche Freude bereitete. Und siehe da: Das Haus und die Blumen leuchteten wieder in bunten Farben. Die Sonne schien freundlich und warm. Die Speisen schmeckten vortrefflich. Die Mägde und Knechte lachten und sangen bei ihrer Arbeit, und allen war leicht und wohl zu Mut wie dem Stumpf, welcher sie anhielt, dankbar und demütig zu Gott zu beten, auch fortan viel Gutes für andere Leute tat und allabendlich nach dem stillen Tale wanderte, um sich an dem Wunderquell zu erlaben. So lebten Stumpf und die Seinen glücklich, und vom Kobold Unzufried ward nichts mehr verspürt.

Ostermärchen

Am Abend vor Gründonnerstag lag der kleine Fritz mit wachen Augen im Bett und konnte und konnte nicht einschlafen. Beständig mußte er an morgen denken, wo er mit seinen Geschwistern – wie alle Jahre – Ostereier suchen würde. Wieviel es wohl sein und wie sie wohl aussehen und wie groß sie sein würden?

Während er noch darüber nachsann, hörte er plötzlich hinter sich ein feines Stimmchen seinen Namen rufen. Mehr erstaunt als erschreckt, drehte er sich um und sah – einen kleinen Hasen auf dem Stuhl am Kopfende seines Bettes sitzen.

»Mein Name ist Kohlfraß«, sagte das Häschen. »Darf ich Dich zu einem Spaziergang einladen?«

Fritzchen verwunderte sich zwar ein bißchen über den Einfall, jetzt spazieren zu gehen, erklärte sich aber bereit und folgte, nachdem er sich angezogen, dem Häschen, das in schnellem Laufe durch Zimmer und Vorsaal, die Treppen hinunter, zur Stadt hinaus, über Wiesen und Felder voraneilte. Schneller war Fritz noch nie gelaufen. Endlich hielt sein Führer vor einem hohen Felsen. »Dies ist der Osterhasen-Palast«, sagte Kohlfraß. »Hier werden die Eier verfertigt, die wir Hasen dann in den Gärten und Stuben für artige Kinder verstecken. Eigentlich dürfen Kinder hier nicht hinein. Da Du aber besonders brav gewesen bist, so will ich Dir heute einmal alles zeigen.«

Hierauf zog das Häschen aus einem seiner Ohren ein Schlüsselchen hervor, das es in eine Felsritze steckte. Sogleich öffnete sich eine Thüre und sie traten in einen finstern Gang. Plötzlich ward es hell, und nun standen sie vor einem ungeheueren offenen Thore, durch das man in einen großen, hellen Saal schaute, der wieder in drei kleinere Säle abgeteilt war. Vor dem Thore stand eine Hasen-Schildwache mit einem Gewehre, das sie sofort auf Fritzchen anlegte.

Dieser flüchtete erschreckt hinter seinen Begleiter.

Kohlfraß aber raunte der Schildwacht nur ein Wörtchen zu, worauf diese sogleich das Gewehr senkte und ehrerbietig präsentierte. Die zwei traten nun in den ersten Saal.

»Hier werden die Eier gelegt«, erklärte Kohlfraß.

Fritzchen sah mit Staunen: Da kauerten Tausende von Hasen und Häschen am Fußboden, der mit weichem Moos belegt war. Sie hielten sämtlich die Vorderpfoten in die Seiten gestemmt und stöhnten und keuchten ganz schrecklich – das Legen mußte doch sehr anstrengend sein! –, während der Eierhaufen neben einem jeden immer größer und größer wurde. Es waren auch Zuckerhasen darunter, die legten natürlich Zuckereier. Fritzchen sah auch welche aus Marzipan, Chokolade, ja aus Glas – und sogar aus purem Golde! Ging einmal ein Ei entzwei, dann geschah was Schnurriges: Es schlüpfte nämlich sofort ein Häschen daraus, das sogleich fleißig mit legen half. Andere Hasen gingen umher, sammelten die Eier in Körbchen und trugen diese fort.

Fritzchen wurde nun von seinem Begleiter in den zweiten Saal geführt. Hier saßen Tausende von Hasen auf Kohlblättern, große Farbentöpfe neben sich und Pinsel in den Pfoten. Fritzchen bemerkte, daß sie fast alle mit Farbenklexen bespritzt waren. Sie trugen große Brillen auf der Nase, ließen die Ohren hängen und thaten sehr wichtig.

»Die Maler«, erklärte Kohlfraß.

Fritzchen beobachtete mit Vergnügen, wie die langohrigen Künstler mit erstaunlicher Geschwindigkeit die Eier rot, gelb, blau und grün bepinselten, allerlei Figuren hineinkratzten und auf den Zucker- und Chokoladen-Eiern mittels kleiner Spritzen Herzen, Namenszüge und andere Formen aus Zuckerguß anbrachten.

Die auf diese Weise fertiggestellten Eier wurden von anderen Hasen in den dritten Saal geschafft, wo sie, sorgfältig mit Moos umhüllt, in Körbe gepackt und von Hasen-Dienstmännern fortgetragen wurden.

Fritzchen war inzwischen von Kohlfraß in den dritten Saal vor den Osterhasen-König geführt worden.

Dieser, ein Hase von riesenhafter Größe, saß in einer ungeheueren Eierschale, von einer Schar von Hasen-Höflingen umgeben, die alle bei Fritzchens Eintreten aufsprangen und höflich »Männchen« machten – was bei den Hasen dasselbe wie bei unseren Soldaten das Salutieren ist. Seine Majestät hatte erstaunlich lange Ohren, die durch den ganzen Saal reichten und deren er sich ab und zu bediente, einem unfolgsamen Unterthanen eine Ohrfeige zu verabreichen. Er redete übrigens Fritzchen sehr freundlich und leutselig an, riet ihm, immer so brav und gut zu bleiben wie bisher, und überreichte ihm schließlich ein Osterei.

Hocherfreut seinen Dank stammelnd, wollte Fritzchen es entgegennehmen, erfaßte es auch bereits, da – o weh! – entglitt es seiner Hand und zerschlug – klack! – auf dem Fußboden. Sogleich kamen eine Menge Hasen daraus hervor, die fingen an zu legen und legten und legten – ein Ei nach dem andern, in einem fort, in einem fort! Im Nu war der ganze Boden mit Eiern bedeckt. Die Hasen aber legten weiter und immer weiter: Jetzt reichte der Eierhaufen schon bis an Fritzchens Schultern. Und mit einmal ward es ihm schwarz vor den Augen, ihn überkam eine furchtbare Angst, er schrie laut auf und – erwachte.

Er lag in seinem Bette: Alles war verschwunden, bis auf ein kleines Chokoladen-Ei, das er in der Hand hielt. Darauf stand ein *K.* und ein *L*: König Lampe.

Die Walfische und die Fremde

Bereits eine Stunde später bildete sich ein Komitee. Man wollte den Schiffbrüchigen das Mitgefühl der Stadt übermitteln, sie als Fremdlinge gastlich bewirten beziehungsweise unterhalten und von der offiziellen Sympathie für Deutschland überzeugen. Man wollte auch bei dieser für den kommenden Sonntag gedachten Veranstaltung ihnen ordentlich imponieren.

Großzügig vorausgesetzt, daß sie sich bis dahin erholt haben, ferner auch nicht an den Folgen gestorben sein würden, sollte sich das Programm etwa so entwickeln:

Warme Begrüßung am Genesungslager. (Schon schloß sich ein Senator nach dem andern zum Auswendiglernen ein.) – Rundfahrt durch Stadt und Musehenswürdigkeiten. (Lastautos stellte in hochherziger Weise die bedeutendste Speditionsfirma.) – Flüchtige nähere Besichtigungen. (Die städtische Bibliothek sicherte freien Eintritt, das Museum für internationale Laryngoskopie Stundung der Garderobegebühren zu.) – Der berühmte, aus gerösteten Bananenschalen hergestellte Wolkenkratzer sollte von oben bis unten mit deutschen Briefmarken beklebt werden. (Gestiftet von einem ungenannt bleiben wollenden, sechsfachen Multimillionär, der sie von Bittgesuchen abgesammelt hatte.) – Trauliches Beisammensein mit Kaffeekredenz und Kuchenbergen im Klubhaus der inneren Mission für Kammerjagdsport. – Wohltätigkeitskonzert. – Tanz der tausend vornehmsten Babys. – Dann vielleicht Feuerwerk im Germanischen Ratskeller, Böllerläuten, Glockenschüsse oder so. Die Entscheidung über den weiteren Verlauf balancierte vorläufig noch auf einem Gewoge von Portwein und Beleidigungen.

Die Frau von dem Verwalter von der Schlauchhalle von der Hafenstation von der Feuerwehr lernte lügen. Während ihr Mann seit Stunden von Lokal zu Lokal eilte, um den wachthabenden Arzt zu suchen, erfuhr sie, daß ihr Geld und ihr Ansehen wuchsen, je mehr sie den neugierig Zuströmenden vorlog. Sie kam sich, nicht zu Unrecht, vor, als habe sie selber Schiffbruch gelitten. Anfangs wußte sie nur wenig. Man hatte die sieben besinnungslosen Riesen in die Schlauchhalle getragen. Man hatte ihnen die nassen Matrosenkleider ausgezogen und dafür erst mal saubere Feuerwehruniformen angezogen. Dann hatte man sie in Wolldecken gehüllt und auf die elastischen Schläuche gebettet. Nun mußten sie vor allen Dingen einmal schlafen, schlafen und nochmals schlafen. Keinesfalls durfte man sie stören. »Nein, auch nicht einmal sehen!« – »Nein, danke, auch nicht für Trinkgeld.«

Ergreifende Stunden verrannen. »Sagte ich's nicht?«, der wachthabende Arzt wurde gefunden. Er sagte gleich: »Vor allen Dingen: Ruhe, Ruhe und nochmals Ruhe!« Dennoch setzte er sich sofort mit den Kollegen vom Krankenhaus in Verbindung, die im Nu ungeteilter Meinung waren. In der Hauptsache galt es, die Geretteten zunächst einmal stundenlang unbehelligt zu lassen.

Diese gründlich ausgeübte Passivität fand leider eine jähe

Unterbrechung durch Feueralarm. Im Schuppen einer Spritfabrik hatte Stroh Stroh entzündet. Die Deutschen schliefen auf den Spritzenschläuchen. Es überstürzten sich viele Ansichten und Telephongespräche, verpaßten sich oder hoben sich auf. Indessen hatte einer der beiden Uhrzeiger noch keine Rundwanderung vollenden können, als ein Chefarzt, mehrere Unterärzte, viele Seitenärzte und zahllose medizinische Handwerker sich in Rangordnung, lautlos, auf Strümpfen der Tür der Schlauchhalle der Hafenstation der Feuerwehr näherten. Leise wurde die Klinke herabgedrückt, laut quietschten die Angeln. Und die Versammlung sah auf den Schläuchen sieben sauber zusammengefaltete Wolldecken. Und das Fenster stand offen.

Etwa zwei Seemeilen südlich vom Bananenkratzer und zirka ebensoviel Knoten westlich vom Klubhaus der inneren Mission für Kammerjagdsport schlängelt sich zwischen freundlich bunten Delikateßgeschäften und lustig belebten Wirtshäusern ein anspruchsloser Weg im weiten Bogen um die städtische Bibliothek herum. Kurz vorm Germanischen Ratskeller schwenkten die sieben Deutschen nach links ab. Das Geld in ihren nassen Taschen hing wohlverschlossen im Trockenschrank der Hafenstation der Feuerwehr. Die Feuerwehrknöpfe mußten schlecht vergoldet sein; niemand wollte sie als Zahlungsmittel anerkennen. Aber es war schon erfreulich, mal wieder an Land zu sein, ohne arbeiten zu müssen, frei herumzubummeln und sich in der Fremde heimisch zu fühlen. Hier fiel ein deutsches Firmenschild auf. Dort war ein Feuer ausgebrochen; und weil dort leere Hektoliterfässer herumstanden, schöpften die Deutschen damit Wasser aus einem Kanal und löschten das Feuer. Und dann kam plötzlich ein hochanständiger, feiner Herr auf sie zu, wahrscheinlich der Fabrikdirektor, ein echter, eleganter *gentleman*, und schenkte ihnen ein volles Hektoliterfaß. Und weil keiner von ihnen »danke« gesagt oder irgendwas gesagt hatte, genierten sie sich und zogen sich mit dem Faß in einen dunklen Hofwinkel zurück. Bald setzten sie ihren Spaziergang fort.

Nicht etwa, daß sie stumpf und blind dahingeschossen wären. Nein, sie gingen einmal auf die andere Seite der Straße, um irgendworüber zu lachen, und dann waren sie wieder auf der einen Seite, um das Elterngrab zu pfeifen. Bis sie auf einmal hart hinfielen.

Weil sie einer vornehmen, jungen Dame ausweichen wollten, die mit zierlichen Schritten um die Ecke bog. »Wir tun Ihnen nichts. Wir sind Seeleute.« Ein zartes Stimmchen antwortete auf italienisch. Das kleine, blonde Persönchen verstand zwar nicht die deutsche Sprache, aber sie hatte sich verirrt. Und sie hätte soviel Vertrauen zu Seeleuten, und ihr Mütterchen vermißte sie gewiß schon, und ob sie sie nicht bis an ihr Häuschen begleiten wollten, sie fürchte sich sehr, überfallen zu werden, weil sie sehr viel Geld und Schmuck bei sich trüge und sei aus adliger Geburt, aber man sollte sie einfach mit ihrem Vornamen Darlingchen anreden, zumal sie Landsleute wären. Und sie trügen gewiß nicht so viel Schmuck bei sich, und sie würde schon dafür sorgen, daß sie daheim ein Schlückchen Wein zur Stärkung bekämen; aber viel Geld hätten Seeleute auch immer bei sich –

Die Matrosen nickten zu allem ja und waren total begeistert verdattert. Sechs von den sieben blickten immer verlegen weg, weil die so reden konnte, aber alles hatte Hand und

Fuß, und weil das kurze Samtkleidchen so tief ausgeschnitten war. Der siebente beguckte sich immer derweilen heimlich aus dem Hintergrunde das fremde Mädchen ganz lange. Abwechselnd war jeder mal der hintere.

Langsam mußten sie einen Fuß vor den anderen setzen, damit die lila Beinchen mit den trippelnden Goldkäferchenschuhchen nicht außer Atem kämen. Sprach sämtliche Sprachen; alle Länder hatte sie bereist. Sie kannte sogar die Burgstraße in Leipzig und den Gänsemarkt in Hamburg.

Das Häuschen hatte rotseidene Gardinchen. An dem großartigen schmiedeeisernen Treppengeländer hingen Girlanden. Oben waren alle Möbelchen aus Lack. Und neben dem schönen Ofen mit den vergoldeten Kacheln saß das Mütterchen, die war nicht so schön wie Darlingchen (eigentlich sah sie wie eine dicke Sau aus), aber sie machte allen Ulk mit, rauchte Pfeifchen, und Darlingchen nannte ihr Mütterchen nur auf französisch »Madamchen«. In der Ecke hockte ein Negerchen, das Zither spielte. Aber draußen schlich ein häßlicher – ein häßliches Halunkchen herum; Darlingchen rief ihm »Hälterchen« zu, da verschwand es. Und Darlingchen war wie ein ausgelassenes Kind. Sie neckte die Seebären, weil sie gar nicht wie richtige Deutsche tränken. Und trank ihnen selbst ein Literchen Rum vor. Sie konnte blitzschnell eine Reihe Knöpfchen aufknöpfen. Tausend urkomische Einfälle hatte sie. Auch ein Kunststück mit einem deutschen Tausendmarkschein fiel ihr ein. Aber da erinnerten sich die Matrosen an ihre nassen Kleider bei der Feuerwehr und sangen auf einmal die Lorelei.

Doch mit dem Negerchen und dem Hälterchen stimmte

was nicht. Die tuschelten an der Tür so hinterlistig, so, als ob sie gegen Darlingchen was im Schilde führten. Deshalb erhoben sich die Deutschen ein wenig und indem hatten sie den Ofen und das Treppengeländer in der Hand.

Weil sie morgens völlig nackt auf dem Bürgersteig erwachten, blickten sie sehr erstaunt nach dem Häuschen auf. Aus dem Fensterchen rief ihnen Madamchen Schimpfwörtchen zu, und neben ihr stand Darlingchen und warf Ofenkachelchen, Glassplitter und Treppengeländerchen herab. Daraus schlossen sie, daß das Häuschen ein öffentliches Häuschen wäre, und machten sich beschämt auf, um ihre nassen Hosen von der Feuerwehr zurückzuerbitten.

Sie tanzten in hastigen Wendungen umeinander vorwärts, um durch Schnelligkeit der Bewegung ihre Blößen zu verdecken. Trotzdem wurden sie unverhofft verhaftet. Drei Wochen durch schliefen sie sich willig im Gefängnis aus. Danach trug man sie in schwere Ketten gefesselt in den Gerichtssaal und lehnte sie dort gegen die Wand, unter deren Fenstern die freie, ewige See brandet. Bei dem Nacktsein auf der Straße hatten sich die Seeleute etwas verkühlt. Deshalb niesten sie, als das Urteil verkündet wurde. Da zerplatzten ihre Ketten wie Zigarettenbanderolen, und die Wand stürzte ein.

Als sich die ungeheure Staubwolke langsam auf alle Bilderrahmen der Stadt gesetzt hatte, sah man fern draußen im wogenden Ozean sieben Walfische unter ruhigen, weit ausholenden Flossenschlägen entschwinden.

Die wilde Miß vom Ohio

Ich rede von einem jener gott- und menschenverlassenen Eisenbahnpunkte, wo normale Fremde den Verstand verlieren, wenn sie nicht Schlafvirtuosen sind oder ein dichterisches Verständnis für die Poesie der Öde haben. –

Als ich die Tür zur Wartehalle klinkte, flehte ich irgendeine überirdische Macht an, mich nicht in eine Gesellschaft zu lancieren, die über Bierqualitäten, Zufälle im Lotteriespiele oder innere Politik polemisierte.

Es war jedoch nur ein einziger Gast anwesend, eine stattliche Baron-Offizier-Lebemannerscheinung, die mir gleich durch eine kurze Kopfbewegung zu verstehen gab, daß ich mich zu den unsichtbaren Geistern zählen dürfe. Das war ganz nach meinem Sinn, und ich drückte mich selbst in den entferntesten Winkel, gleichfalls ein deutliches *Noli me tangere* in meine Züge legend.

Der Herr »Ober« bemühte sich, meine schlechte Stimmung auf den nervösesten Punkt zu schrauben, durch allerhand Schikanen, die ich in vier Humoresken und einer Tragödie zu verwenden gedenke. Dann allmählich schlief er am Zeitungsständer ein. Und nun war es still in der leeren Halle. Nur ein melancholischer Landregen nässelte an den Fensterscheiben.

Der Baronartige starrte regungslos auf eine Flasche Burgunder. Ich hatte das Gefühl, daß ich ohne seine Gegenwart ein stimmungsvolles Gedicht verfassen könnte. Die Hände vor die Augen pressend, um ihn nicht mehr zu sehen, gewahrte ich durch die Fingerspalten, daß er energische und eigentlich mehr zielbewußte als blasierte Gesichtslinien hatte, daß eine breite Narbe an seiner Schläfe nicht übel wirkte und daß er einen pompösen, exotischen Ring trug.

Die Einsamkeit ist die Treppe zum Gedankenkeller. Sie ist selbstverständlich wertlos für denjenigen, der unten nichts auf Lager hat. Wer aber sein Fäßchen oder gar Fässer, Tonnen dort liegen weiß – meistens die, welche oben nur wenig verzapfen – dem fällt es nicht schwer, die Stunden in dieser erfrischend kühlen Tiefe totzuschlagen.

Auch ich wollte mein Fläschchen Spiritus heraufholen, um damit den eingeborenen Zeltinger zu veredeln, den mir das Bahnhofsrestaurant zu Kriegspreisen aufgetischt hatte.

Der Baron war wirklich im Grunde ein recht sympathischer Mann. Er schien ebenfalls trübseliger Laune zu sein und saß noch immer wie ich über sein Glas gebeugt – Zigarrenrauch und Asche studierend.

Da öffnete sich die Türe. Ein älterer, wettergebräunter Dritter im Jagdkostüm blieb auf der Schwelle stehen.

Der Baron bemerkte ihm sofort durch eine kurze Kopfbewegung, daß er sich zu den unsichtbaren Geistern zählen dürfe, und ich legte ein deutliches *Noli me tangere* in meine Züge. Der Jäger aber bediente sich einer noch überlegeneren Sprache. Er sah sich weder nach dem Baron noch nach mir um, sondern placierte sich mit geometrischer Geschicklichkeit so, daß er uns beiden gleichzeitig den Rücken zudrehte. Die schikanöse Einleitung des Kellners kürzte er dadurch ab, daß er ihn sehr bald mit Kamel anredete.

Ich fühlte mein Dichtermilieu durch einen struppigen Bart, verwegen rollende Augen und eine lokomotivierende Meerschaumpfeife erheblich gestört.

Erst als der wilde Mann mit einem Glas heißer Milch gestillt war und das dienstbare Kamel seine Journal-Ecke wieder eingenommen, trat der *status quo* ein. Dieses Verhältnis nahm mit der Zeit einen ganz friedlichen Charakter an. Es war, als hätten wir ein stilles Abkommen getroffen, einander rücksichtsvoll zu ignorieren.

Der Ofen begann wie in einer Anwandlung von Mitleid geheimnisvoll zu knistern. In tiefes Sinnen versunken, rührten wir uns nicht. Nur wenn der Kellner seine Beinstellung wechselte, hoben sich für einen Moment drei müde Häupter. Dann war alles tot.

An was denkt man in solcher Situation wohl? – – –

Das wird immer individuell sein. Ich z. B. dachte – – ach nein, das ist ganz gleichgültig.

Jedenfalls wurde die Ruhe plötzlich unterbrochen. Es war die seltsame Melodie eines mir unbekannten Liedes, halblaut durch die Zähne gesummt. Ich warf dem Jäger einen vorwurfsvollen Blick zu und beobachtete dann, wie der Baron sich verhielt. Er hatte gleich mir den Kopf erhoben und außerdem eine Zeitung ergriffen, aber ich bemerkte, daß er hinter derselben neugierig den Jäger fixierte. Gleich darauf legte er das Blatt beiseite, leerte sein Glas mit einem nervösen Schluck, trommelte mit den Fingern auf das Tischtuch und stimmte leise pfeifend in das Lied, dasselbe Lied ein.

Nun sah auch der wilde Mann auf und schwieg. Der Baron schwieg gleichfalls. Es kam mir vor, als sei ein kleines Vorpostengefecht beendet.

Plötzlich erhob sich der Burgunderherr, trat mit ungezwungen vornehmer Haltung an den Jäger heran und sagte: »Mein Herr, erlauben Sie mir die Frage: Waren Sie je am Ohio?«

»Ja«, erwiderte der andere erstaunt.

»Und Sie kennen die wilde Miß vom Ohio?«

»The wild Miß? – – –« Etwas wie ein wehmütig-glückliches Lächeln fuhr über das harte Jägergesicht. Er hielt dem Frager seine kräftige Rechte hin, und dann gab's einen Handschlag, den ich im Leben nicht wieder vergessen werde. Und nun rückten die beiden zusammen, und der Kellner wurde aus seinem Presseschlummer gejagt, um Sekt und Zigarren zu bringen, und dann begannen die beiden zu fragen und zu erzählen, und dazwischen stießen sie so feurig die Gläser zusammen, daß der Kellner jedesmal zusammenfuhr.

Ich verstand kein Wort weiter von dem, was da gesprochen wurde, aber ich glaubte den Inhalt zu erraten, und das Herz ward mir dabei weit, als sei ich berauscht.

Es mußte eine köstliche, interessante Erzählung sein – aus dem Leben dieser Männer, und das Lied, woran sich beide erkannt hatten, sowie die wilde Miß vom Ohio mußten irgendeine romantische Rolle darin spielen. Leidenschaftliche, gefährlich-schöne, vielleicht teilweise sehr traurige Erlebnisse.

Ich sah ein einsames Licht aus dem nachtdunklen Ufergebüsch des Ohio blinken. Die wilde Miß stand vor mir, eine herrliche, heißblütige Kreolin mit tiefschwarzen, verführerischen Augen, und ich wob einen spannenden und ergreifenden Roman um sie. – –

Die Augen der Erzähler leuchteten begeistert, ihr Sekt schäumte, und der Zigarrenrauch umlagerte sie, wie Nebelwolken, den kühlen, schwarzen Fluten des Ohio entstiegen. Ich aber saß einsam in meiner Ecke und spürte eine so gewaltige Sehnsucht danach, auch Anteil an diesen bewegten Erinnerungen zu haben und hinzugehen, um zu sagen: Meine Herren, auch ich kenne das Lied, den Ohio und die wilde Miß. Darf ich mich zu euch setzen?

Glückliche, beneidenswerte Weltmenschen! –

Noch nie hatte ich ein Alleinsein so bitter empfunden wie in dieser Stunde. Ich faßte den Entschluß, mir auch ohne Belege als Zuhörer einen Platz bei den beiden zu erbitten.

Da pfiff etwas. Ein Zischen – ein Rollen – – der Zug lief ein – –

Ich habe weder den Jäger noch den Baron wiedergesehen. Die Geschichte der wilden Miß vom Ohio habe ich nie erfahren, aber wenn ich mich ihres Titels erinnere, habe ich eine häßliche, drückende Empfindung.

Es ist das Gefühl des Unbefriedigtseins. Etwa wie wenn man während einer spannenden Lektüre nach der weggelegten Zigarre greift und plötzlich merkt, daß diese auf unerklärliche Weise abhanden gekommen – –

Nein, es ist ein ganz anderes, viel tieferes, trüberes Gefühl.

Jemand erzählt von Illineb

Illineb hatte auf meine lange Rede hin mir schnell und kurz geantwortet: »Sie können hier bei täglich einer Mark arbeiten, schlafen und essen.« Alles übrige – ob ich Sachen habe? dann sollte ich sie holen – bedeutete mir ein alter mürrischer Italiener, den man Magnus nannte. Er führte mich zu dem geräumigsten der grünen Wagen, stellte mich einer schönen, bösen Dogge als »amico« vor und zeigte mir mein Bett im Hinterraum. Für den Rest des Abends sei ich dienstfrei.

Ich ging. Und kam mit dem Segeltuchköfferchen zurück, darin all mein Besitz Platz hatte, und ich packte aus, kroch fröstelnd zwischen Strohsack und Pferdedecke.

Ich redete mir zu, nun dankbar und glücklich zu sein, weil ich nach langer Hungerzeit eine feste Anstellung gefunden hatte, noch dazu eine, die mit viel Romantik verknüpft war; während der langen Stunden, die ich wach lag, drangen Zirkusmusik, Löwengebrüll und fernes Massenhändeklatschen an mein Ohr. Aber ich fühlte mich unglücklich. Mir bangte vor dem Zusammenleben mit dem unfreundlichen Magnus und dem eisigen Illineb. Es war nicht das erstemal, daß ich eine neue Stellung und einen ganz neuen Beruf angetreten hatte. Ich erinnerte mich nun, wie mich jedesmal das Fremde an der Situation und an den Menschen zunächst traurig und einsam gestimmt hatte. Einträumend nahm ich mir noch vor, mich morgen tapfer und blind anständig meinen Pflichten zu widmen. – Einmal halb erwachend, sah ich den Italiener hereintorkeln und sich entkleiden an einem Bett, das dem meinen gegenüber stand. Und später schreckte ich einmal auf und bemerkte Illineb. Er schloß die Tür hinter sich ab, löschte die Kerzen, die Magnus hatte brennen lassen, und verschwand mit leisen, aber festen Schritten im vorderen Teil des Wagens.

In aller Frühe von einem blöde grinsenden Nachtwächter geweckt, zog ich mich eiligst an. Magnus gab mir, zunächst von seinem Lager aus, Instruktionen in brummigen, kargen Sätzen. Draußen war ein sonniger Tag.

Ich mußte zwischen den Wagen und Zelten Feuer unter einem sonderbar gestalteten Kessel anlegen, mußte putzen, fegen, holen und fortbringen. Dabei gab ich mir Mühe. Wenn mein Chef, der auch schon von früh an geschäftig herumlief, an mir vorbeikam, gab ich mir doppelte Mühe, denn mir lag an seiner Gunst. Es schien aber, als ignorierte er mich völlig. Allerdings richtete er auch an Magnus und an Matilden nur höchst selten kurze, notwendige Worte und dann in demselben gefühllosen Ton, mit dem er mich engagiert hatte.

Ich bekam gut und reichlich zu essen. In der Frühstückszeit sah ich mir auch die Löwen in dem Gitterwagen an – unsere Löwen. Es waren ihrer fünf, und ein sechster, sehr magerer befand sich in einem Einzelkäfig. Diesen Käfig mußten Magnus und ich im Laufe des Tages immer wieder so verrücken, daß die Sonne voll hineinschien.

Als ich in der Mittagspause mich zwischen den Buden und Karussells herumgetrieben und einen Schnaps in einem Keller getrunken hatte, wo die Schausteller und ihre Leute laut vergnügt zusammenkamen, war mir schon ziemlich freier zumut. Ich versuchte während des Nachmittagsdienstes ein Gespräch mit Magnus anzuknüpfen; er ging indessen nicht darauf ein, außerdem war er etwas angetrunken und daraufhin noch mürrischer als zuvor. Um fünf Uhr brachte Matilde jedem von uns einen Topf voll Kaffee und ein großes Butterbrot, »das Brett«, wie Magnus es nannte.

Als ich das, auf der Kokskiste sitzend, mit der Wonne eines pausierenden Arbeitsmannes genoß, stand Illineb gerade vor dem Einzelkäfig. Er sprach leise auf den Löwen ein. »Prinz! Armer alter Prinz!« hörte ich ihn sagen und zu meiner Überraschung mit einer ungemein weichen, gütigen Stimme. Ich trat kauend hinzu und erfreute mich daran, wie er geschickt ein Stück Fleisch mit weißen Kapseln spickte und es dem Löwen furchtlos durch die Stäbe reichte.

Ich wollte ihm etwas Angenehmes sagen. »Ein stattlicher Bursche!« sagte ich, den Löwen betrachtend.

Illineb drehte sich scharf um. Und versetzte mir einen Schlag. Einen Schlag mit der Faust ins Gesicht, daß ich hinfiel. Sekundenlang wußte ich nicht, was ich tun sollte.

Dann erhob ich mich, sammelte schweigend die Topfscherben auf und begab mich an meine Arbeit. In einer fahrbaren Tonne Wasser von der entlegenen Pumpe holen. Aber nun hatte ich einen tiefen, bebenden Haß gegen diesen rohen, ungebildeten Tierbändiger. Dazu schämte ich mich vor Magnus, der Zeuge gewesen war. Obwohl er es nie erwähnte.

Ich brauchte mich nicht von den anderen zurückzuziehen. Es gab dort außerdienstlich keine Kameradschaft. Magnus besoff sich in der Freizeit mit dem Ausrufer der

Zwergenschau, die Frauenzimmer, die im Küchenwagen wohnten, zankten sich weit hörbar untereinander, und für den Herrn Dompteur waren wir alle jederzeit Luft oder Maschinenteile.

Gelegentlich rief mich Matilde, die uns das Essen kochte und zutrug, in den Weiberwagen. Ich mußte meine Personalien in einen polizeilichen Fragebogen eintragen. Als ich in die Rubrik »Beruf« zögernd »Student« schrieb, lachte Matilde plump auf, aber sie ward daraufhin vorübergehend gesprächig. Ich hatte aus der Spalte Illineb nur – und auch nur zufällig gelesen, daß er ledig sei. Matilde erzählte mir nun, daß er aus Georgina stammte. Daß sein Vater, auch ein Dompteur, an einem Löwenbiß gestorben und daß seine Großmutter von einem Walfisch gefressen sei. Und Prinz wäre krank. Und der Alte hinge just an diesem Vieh besonders. Und Prinz verstünde die indische Sprache. Ich glaube, ich glaubte damals Matilden alles.

Das blieb aber der einzige Fall, daß eine von den Frauen einmal mit mir plauderte. Bald ward mir das Leben dort ein graues Einerlei. Darin gab es täglich nur eine einzige interessante, allerdings höchst aufregende Viertelstunde. Um zehn Uhr abends, wenn der Deutschmeistermarsch zu uns herüberklang, wurden die Falltüren geöffnet. Zunächst trug Pinguina das Löwenbaby eigenhändig in die Manege. Es war eigentlich schon viel zu groß und zu schwer für die zierliche Person, weshalb Pinguina drinnen immer mit Heiterkeit empfangen wurde. Nun galt es, die großen Tiere durch einen vergitterten Gang vom Wagen ins Zelt zu treiben. Im Gang stand dann mit gewichstem Schnurrbart und gewichsten Stiefeln der schlanke Illineb in einer Husarenuniform und hielt in der Linken einen eisernen Rechen und eine Nilpferdpeitsche und in der Rechten einen Revolver. So ließ er seine gebändigten Tiere die Wüste passieren. Erst kamen die drei Löwinnen. Sie liefen, vom plötzlichen Licht und von der Musik verwirrt, vielleicht auch von gewohnheitsmäßigen Ängsten und Ahnungen eingeschüchtert, nach kurzem Abirren schnell vorbei. Dann näherte sich King, der mächtige, bösartige Löwe. Der schlich ganz langsam – jeder Schritt gezwungen – mit gesenktem Kopf heraus. Und vor Illineb stockte er und blickte höchstes Mißtrauen und brüllte drohend.

Zu dieser Szene versammelten sich jedesmal viele Leute, die den verbotenen Zutritt riskieren konnten; der Koch vom Bierzelt, die Wahrsagerin, der Luftballonmann, sämtliche Damen der Schießbude. Sie stellten sich regelmäßig ein und erwarteten den Kampf. Ich meine: sie alle – oder wir Zuschauer alle – wünschten insgeheim, daß nun etwas Entsetzliches geschehen, und gleichzeitig, daß nichts Trauriges geschehen möchte.

Illineb verlor bei dem Vorgang, der weit spannender war als die Vorstellung im Zirkus, niemals die Ruhe. Wenn King stehen blieb, rief ihm der Chef nichts zu als: »Nun?« oder »Nun!« Doch er konnte es in den verschiedensten Nuancen rufen, aufmunternd, streng, zornig, warnend, ganz langgedehnt –. Und wenn King plötzlich zähnefletschend und stoßweise, heiser aufbrüllend seinen Kopf herumriß, dann hielt Illineb zur Abwehr den Rechen vor und schoß gleichzeitig aus dem Revolver Blitz und Knall ohne Kugel in die funkelnden Augen. Und King blinzelte nicht, aber er brüllte noch feindseliger und schlug mit seiner Pratze mächtige tückische Seitenschläge in die Luft und gegen den Rechen. Illinebs Nun schwoll wie ein Sirenengeheul an. Er schlug mit der Nilpferdpeitsche dem Tier kräftig und, wie es schien, rücksichtslos über Schnauze und Augen. Oft kämpften sie lange so. Schließlich, wutschnaubend, wich King dann doch. Aber im Zelteingang blickte er noch einmal zurück nach seinem Meister, und sein Blick trug einen furchtbaren Haß. Wie ich ihn hatte.

Mehr oder weniger dramatisch fand dieses Duell täglich statt. Vielleicht sah es schlimmer aus, als es war. Es schien mir sogar nicht unmöglich, daß das Ganze sozusagen ein gewolltes Scheinmanöver war, um King in Aufregung zu bringen und dem Publikum eine besonders gereizte und gefährliche Bestie vorzuführen. Ich gewöhnte mich mehr und mehr an dieses Schauspiel.

Eines Abends, da ich mir gerade mit dem Feuer am Waschkessel zu schaffen machte, ließ mich das Kampfgebrüll wieder aufschauen. Und da gewahrte ich, daß King sich zum Sprung duckte, und sah, daß Illineb die Hände nach uns Zuschauenden streckte, sah, daß er weder Rechen noch Peitsche, sondern nur den Revolver bei sich hatte. Es war ein atemloser Moment. Wir schrien alle auf.

Das Folgende vollzog sich viel schneller, als es zu erzählen ist. Der Löwe sprang. Illineb schoß. Mitten im Sprunge änderte der Löwe noch mit einem Ruck seine Richtung, aber er riß den seinerseits ausweichenden Illineb doch mit zu Boden. Und aus einem Arm Illinebs war ein Fetzen Ärmel und Fleisch herausgerissen, und Blut floß. Und King bäumte sich neu und sprang mit beiden Vordertatzen wuchtig auf die Brust seines Herrn. In diesem Augenblick war sein Hinterteil ans Gitter gepreßt. Da stieß ich blitzschnell die Schaufel ins Feuer und schmiß Glut und Flammen dem Löwen zwischen die Hinterbeine. Daß er mit einem Wehgeheul zur Seite sprang.

Und wieder geschah das Nächste im Nu. War Illineb emporgeschnellt, hatte Magnus ihm Rechen und Peitsche zugestoßen, streckte Matilde einen Revolver durchs Gitter, der Blitz, Knall und Kugeln bereithielt. Es war nicht mehr nötig. Der Löwe war, von Schmerzen gepeinigt, ins Zelt gerast.

Der Chef wurde ins Bett getragen, die Vorstellung abgesagt, ein Arzt gerufen.

Fünf Tage lang fiel die Hauptattraktion des Zirkus aus. Solange durfte außer Matilden niemand die Stube des Chefs betreten. Er tat mir natürlicherweise und trotz meines Hasses leid, auch konnte ich nicht umhin, seine Bravour zu bewundern. Magnus soff mehr als sonst. Doch er und die Frauen erledigten die Geschäfte gewissenhaft und wie selbstverständlich. Aber untereinander oder mit mir sprachen sie keine Silbe über das Vorgefallene. So standen sie im Banne der Verschlossenheit ihres Brotherrn.

Am sechsten Tage kam dieser wieder zum Vorschein. Ich war dabei, eine Verankerung des Zeltes anzuspannen. Da trat er, den rechten Arm in der Binde, aus dem Wagen, und – ich bemerkte es seitwärts schielend – er ging forsch, geradewegs auf mich zu. Ich fürchtete mich vor diesem längst ausgedachten Augenblick. Ich hätte meinem, wie mir's vorkam, schon allzu hart gestraften Feinde so gern die Demütigung erspart, mir danken zu müssen.

Illineb stand vor mir, und – – er gab mir einen Schlag. Mit

der linken Faust einen Schlag in die Fresse. Wie damals. Und entfernte sich.

Ich spürte keinen Schmerz vor Verblüffung und Betrübnis. Und ich nahm auch diesen Schlag schweigend hin. Aber – sonderbar: Seitdem verehrte ich Illineb, trotzdem er fortan und bis zuletzt unverändert kalt blieb und mich und uns übersah. Ja, ich fing an, ihn zu lieben. Ganz im stillen. Ich arbeitete noch eifriger als früher, aber wenn ich seine Schritte vernahm, versteckte ich mich möglichst. Und doch behielt ich ihn, wo es anging, im Auge.

Ich liebte ihn hündisch. Ich folgte ihm so weit, daß ich ihn aus Entfernung beobachten und belauschen konnte. Wenn er die Fleischstücke spießte und in die Käfige reichte, unter lieben Koseworten in verschiedenen, manchmal mir unbekannten Sprachen. Wenn er rührend zärtlich und lange Prinzens Nase streichelte. Ich schlich ihm sogar in der Freizeit heimlich nach, wenn er die anderen Tiere, unsere Dogge, die Pferde der Kunstreiter, den Esel des Clowns oder die Eisbären in der russischen Bude aufsuchte und zu denen, sofern er sich von Menschen unbeobachtet fühlte, genau so redete wie zu seinen Löwen.

Auch diese Löwen gewann ich lieb. Einmal stand ich eine Stunde lang allein und ergriffen vor dem kranken Prinz in der Sonne. Er trabte in dem engen Käfig die drei Schritte hin und die drei Schritte her unaufhörlich auf und ab, mit Schnauze und Fell das Gitter streifend, so daß er mehrere abgewetzte Stellen hatte. Und nie gelang es mir, seinen Blick zu fangen, ihm in die Augen zu sehen. Er blickte über mich, über alle Zuschauer – ich weiß: auch über Illineb – hinweg. Wie Illineb über uns Mitmenschen hinwegsah.

Cooper erzählt von einem gefangenen Indianer, der keine Nahrung annahm und nichts sprach, sondern nur so blickte: immer in einer bestimmten Richtung, an seinen Feinden, den Puritanern vorbei oder über sie hinweg, wie in eine nur ihm vertraute, einzige Ferne.

Als Prinz eines Morgens nicht mehr imstande war, auf seinen Füßen zu stehen, ließ Illineb, ungern nachgebend, den Tierarzt holen.

Ich verfolgte von weitem die Unterhaltung und fing einige Worte des Veterinärs auf, wie »Operation« – »Fesselung« – »Narkotikum«. Darauf antwortete Illineb plötzlich sehr laut in einer mir und zweifellos auch dem Tierarzt unverständlichen Sprache, und er gab dem Tierarzt Geld und entließ ihn unhöflich.

In der Nacht zu diesem Tage konnte ich wieder einmal nicht einschlafen. Ich erwog einen Plan. Ich wollte Illineb meine Liebe und Verehrung gestehen. Ganz einfach und ehrlich, ohne mich meiner gebildeteren Ausdrucksweise zu schämen. Ich wollte um sein Vertrauen und um seine Freundschaft bitten.

Noch zur Dunkelheit hörte ich ihn sein Zimmer verlassen, unseren Raum durchschreiten und die Tür von außen abschließen. Das verwunderte mich. Er ging sonst nie nachts aus. Wollte er wohl einmal mit Kollegen oder mit Freunden zechen? – – – Ob er einen Freund hatte? – – – Ob es ein Mädchen gab, das er liebte? – – – Über solchem Nachdenken schlief ich allmählich ein.

Morgens gab es einen Krach. Es stimmte etwas nicht. Magnus mußte die Wagentür gewaltsam aufbrechen. Illineb wurde tot und gräßlich zerrissen und zerbissen in Prinzens

Käfig aufgefunden. Ein Rasiermesser und eine Nagelschere lagen neben der Leiche. Prinz hatte eine merkwürdige rechtwinkelige Schnittwunde an der linken Hüfte.

Die Löwentruppe Illineb wurde zwei Tage später aufgelöst, und die Löwen wurden verkauft. Prinz war gesundet.

Fahrensleute

»Nein, zur Abwechslung«, erwiderte der Stückmeister, »du solltest eine Seemannskneipe kennen lernen. Ich dachte ein paar schwerhinwandelnde, tolle Janmaate anzutreffen, deren Gesichtshaut in Sonne, Salz und Wind zu Krokodilsleder verschrumpft ist, *old sailors,* die durch zwei, drei Jahrzehnte *round the world* gegangen sind.«

Die Dame mit den fünf Leberfleckchen am Halse unterbrach den Deckoffizier: »Es fehlte dir außerdem heute an Geld. Du glaubtest in diesem Wirtshaus billiger davonzukommen, als in den noblen Cafés, wo wir bisher unsere gemeinsamen Abende verbrachten. Ei, Rolf, dein Erröten in diesem Augenblicke mag *cum grano salis* gelten. – Nun erklärt sich mir auch, weshalb du so mißmutig dreinschaust.«

»Ja, auch das war einer von meinen Gründen. Aber vor allem bin ich durch diese schäbige Kneipe enttäuscht und vor dir beschämt. Ich hatte gebeten, du möchtest heute abend Tabakrauch, Schnapsgeruch, Lärm und unanständige Lieder mit in den Kauf nehmen, um einmal in das naiv rohe, grotesk verbildete, hausbacken kosmopolitische Leben der Seefahrer zu horchen. Doch nun ist weder vom einen noch vom andern etwas zu spüren. Denn diesen Mehlsäcken dort am Tisch muß das Maul vernäht sein; sie glotzen uns an, als wären wir aus Himbeersaft geschnitzt. – Komm, mein Liebling, laß uns weiterziehen.«

»Nein, Rolf, mir gefallen deine Mariner. Es sind imposante oder amüsierende Männer dazwischen, zum Beispiel der griesgrämige Alte, dessen Glatze wie Afrika aussieht. – Welche schöne Kraft spricht aus ihren Händen, welche Einfachheit der Seele aus ihren Tätowierungen.«

Acht Matrosen und Heizer lümmelten sich am großen Kreistisch. Einige meinten ihrer salopp gehaltenen, schmutzigen Dienstuniform gemäß eine herausfordernd ordinäre Miene aufsetzen zu müssen. Andere, im Urlaubsanzug, mit jener gewissenhaften Regelmäßigkeit gekleidet und frisiert, welche die Bauern des Sonntags beobachten, vergaßen ihre Blicke zurückzuziehen, die sie an den Stückmeister und die zierliche, vornehme Dame gehängt hatten.

Beinahe störend selten und dann im Flüsterton fiel eine Bemerkung, und einige simple Übungen in partieller Selbstreinigung vollzogen sich geräuschlos. Dem Bier ward so verzögert und mäßig zugesprochen, daß die dicke Wirtin, die nicht minder schläfrig hinterm Büfett Gläser spülte, vorwurfsgrimmige Blicke auf die Blauen entsandte, was denn, allerdings aus abweichenden Ursachen, auch Herr Bindebein tat. Eine unter der Decke pendelnde Fischmißgeburt erbrach aus gräßlichem Rachen ein traniges Licht in die Wirtsstube, wo kein Gegenstand, weder die Möbel, die Tapete oder die Ziehharmonika noch die ausgestopften Vögel und Pelztiere an den Wänden, sich zu einer bestimmbaren Farbe bekannten. Und weil die Mißgeburt sich wie ebenfalls gelangweilt hin und her drehte, blieben alle Schatten in nervöser Unruhe. Über der Tür prangte in einem Glaskasten eine stattliche Viermastbark, bis in die niedlichsten Details ausgearbeitet und freundlich bemalt; die getönte Rückwand des Kastens gab ihr den Hintergrund, einen kobaltblauen Himmel.

»Fische auf dem Trocknen«, murmelte Herr Bindebein verdrossen, und dann fuhr er laut zu seiner Braut fort: »Der Seemann an Land, wenn er sich nicht unter seinesgleichen weiß, blamiert sich immer. Ungeschickt, unmanierlich, zügellos, brutal benimmt er sich, verlogen, läppisch oder schamlos.«

»Aber seine harten und einsamen Pflichten auf dem Meere«, entgegnete Muky warm, »heischen viel Vergeben.«

»Wache um Wache. Arbeit, Essen, Schlaf; freilich, solche Monotonie läßt vertieren.«

»Rolf, erzähltest du mir nie aus deinen Seefahrtsjahren von den ungewöhnlichsten, Mut und Geistesgegenwart fordernden Erlebnissen, von mannigfachen Momenten, da sich einem das Herz zusammenschnüre, und von langewährenden, frostigen, nüchternen Gefahren? Du sprachst von zusammenstürzenden und emporstoßenden Wassergebirgen, vom Tanz auf einer pfeilschnell abrollenden, donnernden Ankerkette. Und diese weit zurückgelegenen Jahre hast du wie Begebenheiten und Zustände von tags zuvor geschildert mit der fortreißenden Kraft tiefsten Ergriffenseins.«

»Es ist wahr, Muky«, der Stückmeister legte seine Hand auf ihr Knie, »diese Zeiten rührten mein Innerstes auf. Nun hat mich der Krieg aus dem stilleren Beamtenstand unversehens (und, gebe Gott, für nicht mehr allzulange Dauer) wieder in ein Stück Seemannstum gesetzt. Aber es hätte nicht erst dessen bedurft, um mich immer von neuem dankbar empfinden zu lassen, daß ich der Nachtwachen in vereisten Mastkörben ledig bin und der Streitigkeiten mit zehn, fünfzehn einzigen, niedrigen, beschränktesten Seelen, inmitten der chaotischen Trostlosigkeit der Hochsee. Wenn mich jemals schlimme Träume foltern, so vollzieht sich das nie anders, als daß sie mich entweder in meine Schulzeit oder eben in jene Jahre der Seefahrt einsperren.« –

Neue Gäste, ebenfalls Mariner, traten auf. Herr Bindebein erklärte ihre Charge, ihre Funktion. »Der aufgedunsene Matrose ist ein Taucher.« Ferner: ein Koch von einem Torpedoboot und ein aktiver Funker, der sich bei der Flotte einen Tropenkoller angelegt hat. Diese Neuen blieben zur gegenseitigen Bequemlichkeit vor der Wirtin, am Schanktisch, stehen. Dort versuchten sie mit ihrer noch gelinden Bezechtheit zu theatern. Der Funker gab so laut, als gälte es gegen einen Taifun anzusprechen, die Erinnerung zum besten, wie er einmal im Rausch zwei Tuben verwechselt und sich die Zähne mit Sardellenbutter anstatt mit Pebecco geputzt habe. Der Taucher trat überzeugender als Freßvirtuose auf; er verzehrte fünf Neunaugen mit Haut und Haar und verschluckte, als ihm solches Beifall einbrachte, noch obendrein Bindfaden und Zündhölzer. Im Vorübergehen hatte nur der Funker vor dem Deckoffizier salutiert. Diesem entging es nicht, wie seine Braut durch solche Ehrenbezeugung für den jungen Mann eingenommen wurde, und er äußerte lächelnd: »In dem steckt vermutlich ein anständiger Mensch, ein guter Soldat und ein schlechter Seemann. Denn die echtesten Kauffahrteier, jene, die mit einem Priem zur Koje gehen und ein Lot Petroleum nicht aus der Suppe herausschmecken, die nehmen es mit dem Militärischen nicht so genau, und man sieht's ihnen nach. Die Vielseitigkeit des Schiffsdienstes und die Verantwortlichkeit des einzelnen dabei bringen es mit sich, daß auf See oft der Soldat hinter den Seemann zurücktritt, zuweilen sogar über diesem in Vergessenheit gerät.« –

Ein stolzes Schiff am Bollwerk lag.
Ein junger Matrose zum Mädchen sprach:
»Ei, wohin denn du stolze Kleine?
Du sollst heute nacht meine Beischläfrin sein,
Denn ich schlafe so ganz alleine.«

»Deine Beischläfrin sein, das kann ich nicht.
Meine Mutter hat mich ausgeschickt.
Einen Taler hat sie mir gegeben,
Ich soll einkaufen, was zum Haushalt nötig ist,
Ich soll gleich wiederkehren.«

Er nahm das Mädchen an seiner Hand
Und führte sie an des Schiffes Rand.
Und sie schliefen so fröhlich beisammen,
Bis daß der helle Tag anbrach,
Und der Steuermann kam gegangen.

Auf, auf, Matrosen! Der Wind steht gut…

Die am Schanktisch brüllten das Lied. Am großen Tisch fiel ein Matrose ein, dem die halbe Nase fehlte. Herr Bindebein zog die Uhr. »Wollen wir nicht aufbrechen?«

Die Dame mit den Leberfleckchen griff statt zu antworten stumm fragend nach einer goldenen Kugel, die mit ebensolcher Schnur an die Uhrkette geknüpft war.

»Ein Talisman. Kapitän Ramox schenkte ihn mir. Er sagte: Wenn ich einmal im tiefsten Herzbunker einen Wunsch hätte, dann möchte ich nur dies Appendix über Stag gehen lassen, d. h. beseitigen, und mein Wunsch werde sich alsbald erfüllen.« Herr Bindebein zerlegte die Kugel mittels einer fein versteckten Mechanik in mehrere kantige Glieder, deren jedes zierlich gravierte, hermetische Zeichen aufwies. »Ramox war ein abergläubischer, ostfriesischer Schipper, rotbärtig und sparsam, auf dem Wasser zu Hause, gottesfürchtig und fluchte wie zwanzig Spanier mal dreißig Türken. Aber ein ganzer Kerl. Und solche Kerle, Muky, mögen auch unter diesen stumpfen und stieren Burschen sein, es käme nur darauf an, sie herauszulocken. O, man muß sie belauschen, wenn sie günstig beisammen sind und von ihren Reisen berichten. Dann wachsen die Palmen vor einem aus der Tischplatte, und man hört den Mississippi rauschen. Erzitternd sieht man den nächtlichen Umrissen eines treibenden Eisberges entgegen, oder man klammert sich unwillkürlich, fiebernd an die Unterkanten des Stuhles, über der Schilderung eines exotischen Nackttanzes. Da man doch zur gleichen Zeit über die komischsten Prellereien, Prügelszenen und Schmuggelgeschichten, noch mehr über die Art und Weise, wie sie vorgetragen werden, herzlich lacht.«

Muky strich mit den Fingern durch Rolfs Haar. »Ein wenig hängst du noch an dem, was Seefahrt heißt und angeht?«

»Ja! Manchmal packt mich eine feuchte Sehnsucht; so, wenn ich ein Seilergeschäft betrete und auf einmal den Duft von Hanf, Manila oder Braunteer einatme. – Hallo, noch zwei Grog, Frau Wirtin!« –

Mittlerweile waren auch die Leute am Kreistisch in ein

beständiges, allerdings sehr unerquickliches Gespräch gekommen, das alle Übelstände des Krieges herauszerrte und kleinlich beleuchtete, über gesteigerte Lebensmittelpreise, über Tote, Verwundete und Vermißte klagte, ohne den gewaltigen deutschen Erfolgen gerecht zu werden. Nun waren Rolf und seine Braut in die Rolle der schweigsamen Zuhörer verfallen. – Krieg, – Krieg –. Und nimmer Friede.

Der widerliche Geruch des Grogs verbreitete sich. Die Tabaksschwaden blieben wenig über Mannshöhe in der Luft stehen.

Es gingen Gäste, und neue traten ein, darunter auch Zivilisten, Werftarbeiter, deren einer die Neuigkeit verteilte: Simon Fels sei gestorben. Muky wollte ihren zusehends in Mißlaune zurücksinkenden Bräutigam zerstreuen. Sie sagte: »Simon Fels war der Werftdirektor. Eine jener genialen, rührigen und zielbewußt rücksichtslosen Naturen, die in irgendein Unternehmen gesetzt, ganz gleich, ob es ein Restaurant, eine Fabrik oder ein Staatswesen sei, unfehlbar eines Tages an die Spitze gelangen und von da ab das Unternehmen emporbringen. Just so, wie ein Stein, den man an einem Band befestigt und mit diesem zusammen in die Luft wirft, alsbald das Band in seine leitende Gewalt bringen und weiterführen wird. Dieser Fels fing als Kesselklopfer an und zuletzt – –«

»O ich kenne Simon Felsens Werdegang. Seine Verdienste in diesem Kriege wird man schwerlich überschätzen.« Nach einer Weile fügte Herr Bindebein ohne aufzusehen hinzu: »Ich kann mir sein Ende vorstellen. In einem Lehnstuhl, in einem sehr hohen, mit Panzerschiffsmodellen und prächtigen Palmen schwer und vornehm geschmückten Saal – – und die Familie sowie einige feierlich gekleidete Herren sind versammelt. Im letzten Kampf, als dem fiebernden Greis schon die Sprache schwindet, richtet er sich auf und bewegt die Arme, als ob er mit gewaltigen Händen etwas formen, etwas Kolossales, Massiges zusammenballen wolle. Dann kommt noch ein letztes Stammeln von seinen Lippen: ›Eisen – – viel Eisen.‹ Und das letzte Bulletin geht in die Welt. – – Muky, das ist das große Sterben.« Wieder blieb der Stückmeister eine Weile sinnend.

»Denke dir: als ich gestern abend meine Wohnung verlasse, begegne ich auf der Treppe zwei streitenden Weibern und fange gerade auf, wie die eine sich verteidigend ungefähr folgendes sagte: ›Jedermann weiß, wie pünktlich ich sonst die Wäsche erledigt habe. Aber diesmal war ich lange bei meiner Schwägerin; da ist die elfjährige Tochter gestorben und...‹ ›So?‹ höre ich das andere Weib fragen, ›woran denn?...‹ ›An Gehirnentzündung; sie hat acht Tage lang mit dem Tode gerungen...‹ Darauf schwatzten die beiden weiter von ihrer Wäsche. Aber seitdem muß ich gar oft an das elfjährige, bleiche Mädchen denken, an das stille Leiden und Entschlafen, das vor dem Weltenwaffenlärm unbeachtet sich bei Tagelöhnern in der Vorstadt vollzieht, – abseits.«

Die junge Dame nickte ergriffen. »Das ist das kleine Sterben«, sagte sie endlich.

»Ja, ja.«

»Ja. – Eine traurige, niedrige, armselige, verlogene Zeit herrscht in der Welt.«

Rolf summte vor sich hin: »Auf, auf, Matrosen, der Wind steht gut«, und als er sich dessen bewußt ward, brach er die Melodie ab und deutete auf den Glaskasten über der Tür:

»Weißt du wohl, Liebling, was ich jetzt möchte? Mit dir auf dieser Viermastbark – mit vollen Lappen, wie sie dort fährt – davonsegeln, weit, weit hinaus aus all dem Kriegsjammer in die alles lösende, friedliche Ferne, wo die Seeleute ihre glückliche Zeit haben, weil vor dem ruhigen Atem des Passates die Schiffe beinahe keiner Aufsicht mehr bedürfen; in die lichte Abgeschiedenheit, wo sich der tropische Atlantik in feierlichen, saphirblauen Schollen wiegt und von oben ein gütiger Himmel aus unzähligen blauen Augen auf uns herablächelt; wo über den elementarsten Wonnen kein Wunsch mehr bleibt.« Herr Bindebein sprang plötzlich energisch auf, bat seine Braut, ihn für Minuten zu beurlauben und verließ, der Wirtin heimlich zuwinkend, ohne Mütze das Lokal.

Obschon Muky erfahrungsgemäß irgendeine liebenswürdige Torheit ihres Geliebten befürchtete, war sie doch alsbald entschlossen, eine solche mit- und möglichst wiedergutzumachen. Befriedigt darüber, ihren Bräutigam froh zu wissen, wandte sie sich während dessen Abwesenheit behaglich wieder der übrigen Marinegesellschaft zu, der sie mit frauenhafter Unauffälligkeit und Schärfe bereits genügend zugehört und zugesehen hatte, um an der Weiterentwicklung Interesse zu nehmen.

Der Taucher und seine Kumpane hatten sich zu den Seeleuten am Kreistisch gesellt und denen ein Teil von ihrer weitgediehenen Betrunkenheit aufsuggeriert und eine gewisse Lebhaftigkeit entzündet. Da fingen sich aus einer an sich schwer verständlichen Sprache, die mit imponierender Dreistigkeit vom deutschen Platt bald hierhin, bald dorthin ins Fremdländische griff, allerlei Bezeichnungen in Mukys

Ohr, mit denen sie wenig anzufangen wußte, wie Hellegatt, Taljereepen oder »von Ida Grün in Dwarslinie aufrücken«. Aber die aus Liebe aufmerksame Dame wurde dadurch doch dem wirklichen Bilde der Seefahrt um ein beträchtliches näher gebracht. Und weil sie ihren wohlerzogenen Schwärmer Rolf damit in Gedankenverbindung brachte, ward auch sie zunehmend trübsinniger.

Nun erschien er wieder, der Stückmeister, zugleich mit der Wirtin, beide schwer bepackt. Sie hasteten in gläserner Angst auf den großen Tisch zu, um dort eine Anzahl Flaschen, einen umfangreichen Kupferkessel, zwei gewichtige Stücke Hutzucker und eine blanke Ofenzange abzuladen.

Jetzt hielten es die Matrosen und Heizer doch für geraten, vor dem Deckoffizier eine militärische Haltung anzunehmen.

»*Never mind that!* Heute sind wir auf du und du, vor dem Mast, das heißt, diese Dame ausgenommen; sie ist eine Prinzessin. Wir laden euch ein. Wer etwas Savi von einer Feuerzangenbowle hat, der helfe sie brauen und lensen. – Komm heran, Muky. Laß uns diese Nachtung bis zur Neige auskosten; wir haben uns heute auf dem Elegischen festgefahren. Wollen wieder flott werden. – Heda, ein bißchen fixer, Boys! Man merkt doch gleich, daß ihr keine echten *sailors* seid. Wäret ihr jemals über die Linie gekommen – –«

Der Mann mit Afrika auf dem Kopf wandte sich gekränkt nach Herrn Bindebein um, und, dem angebotenen Du nicht recht trauend, zischte er giftig: »Ick glöw, Herr Stückmeister swapperten noch in witten Büxen ümmer, as ik all teihnmal ümme Hoorn seihlt wier.«

Die andern Matrosen und Heizer unterstützen ihren Kameraden lachend und spottend, dabei halfen sie aber eifrigst die Fürknieptangbowle fördern. Das Kupferbecken wurde zu zwei Dritteln mit Rotwein gefüllt, auf die quer darüber gelegte Zange eins von den Zuckerstückchen gesetzt und dieses mit Jamaika begossen, dann angezündet.

Ein langer, nur durch einen Ohrring auffallender Mann knipste das elektrische Licht ab und rief heiser: »Herr Stückmeister, Se hämm dat hier nich mit Schippsjungens tau dauhn!« Zum Erstaunen wie zur Besorgnis seiner Braut fuhr indes Herr Bindebein fort, die Leute durch Beleidigungen aufzureizen. »Was seid ihr denn anders? Süßwasserjungen, die keinen Langspliß zuwege bringen, keine Logleine aufschießen und eine Backspiere nicht von einer Handspake unterscheiden können.« –

Bläulich beleuchtete, zornige Gesichter schauten abwechselnd bald drohend nach dem Deckoffizier, bald neugierig auf den Zucker, der in flammenden Tropfen herabschmolz, aufzischend in der blutfarbenen Flüssigkeit unterging.

Zwei Heizer stahlen sich davon, um eventuellen Tätlichkeiten auszuweichen. Aber Rolf Bindebein lenkte rechtzeitig zum Guten ein: »Skol, Jungens! Ich wollte nur erst mal die Lage peilen. Nun, ihr seid ehrliche Fahrensleute. Sakramento, pumpt euch die Klüsen voll.«

»Prosit Janmaate!« schrie Muky. Da klangen die Gläser.

»Sie sind alle schon einmal bei Wera Iwanowna in Odessa zu Gast gewesen, Muky. Sie segeln nach Melbourne, wie du nach dem Briefkasten läufst. – Das ist recht, Schmut, *give us a song*!«

Der Torpedokoch nahm die Ziehharmonika auf den Schoß: »*Yankeeships come down the river* – –«

»Was haben Sie da für einen seltsamen Goldring?«

»Das ist ein Afrikaner, Fräulein Prinzessin, – – bitte. Ich schenke Sie den Ring.«

»Der alte Ramox, Muky, –«

»Ramox?« fuhr der Halbnäsige auf. »Kapitän Ramox? Mit dem bin ich acht Monate Chinaküste gefahren. Das war einer. Wenn böses Wetter aufkam, dann stülpte er seinen riesigen Kalabreser auf und ging selbst ans Ruder. Dann fegte der Wind den Kalabreser über Bord; und Ramox ließ beidrehen und lavierte bei Tod-und-Teufel-See so lange hin und her, bis der schäbige Filzdeckel wieder aufgepickt war.« –

Es baute sich eine Einmütigkeit zusammen, die ihresgleichen suchen mochte. Jeder meinte ersticken zu müssen, wenn er einmal länger als eine Minute nicht zu Worte kam. An das traurige Samoalied reihte man ohne Pause den lächerlichen Negertanz *Just because you made them googoo eyes.*

Als das zweite Stück Zucker seine Sternschnuppen in frische Weinmengen träufelte, rauchte Muky eine abscheuliche Pfeife aus dem Munde des täppisch karessierenden Tauchers zu Ende.

Später zog der griesgrämige Alte ohne jegliche Veranlassung und Vernunft seine Seestiefel aus und schleuderte sie schweigend aus dem Fenster.

Draußen hub gerade die Turmuhr zu schlagen an. »Zwölf Uhr«, sagte Rolf und langte zwecks Kontrolle seine Uhr hervor, an deren Kette kein Appendix mehr hing.

»Nein, acht Glasen«, sagte der Funker ernst und horchte.

Die sonderbare Wahrnehmung, daß die Kirchuhr in der Tat diesmal vier Doppelschläge tönen ließ, verursachte eine vorübergehende Bestürzung. Muky am Klavier: Auf, Matrosen, die Anker gelichtet...

Der Halbnäsige hob, ohne auf das Gezeter der Wirtin zu achten, den Glaskasten von der Wand herab und stellte ihn mitten auf den Fußboden so heftig nieder, daß die gläsernen Wände in Scherben auseinander brachen.

Hierauf – und ausdrücklich bemerkt: in der vierten Minute des 29. Novembers 1915 – geschah es, daß die kleine Viermastbark sich zu dehnen begann, daß sie nach wenigen Sekunden die Größe einer Badewanne und in nochmal soviel Zeit den Umfang einer Dampfpinasse erreichte.

»Alle Mann an Bord!« Es entstand eine Panik. Angstlaute, Pfiffe, Kommandos, gegenseitiges Aneinanderprallen, – die Wirtin schrie nach Bezahlung. Aber die meisten Seeleute stürzten zunächst in ein und demselben Gedanken zum Klavier: Muky. Sie trugen das mutig lächelnde Mädchen trotz der drängenden Gefahr behutsamst auf den Segler. Dann schifften sie sich selbst ein; und jeder begab sich wie verabredet auf einen besonderen Posten, an die Brassen, in die Wanten hoch, auf Ausguck, ans Ruder, der Torpedokoch in die Kombüse, Herr Bindebein – Kapitän Bindebein aufs Achterdeck.

Unterdessen wuchs die Bark weiter in die Länge, Höhe und Breite, die Stühle, die beladenen Tische mit Getöse umkippend und beiseite schiebend. Schon stießen die Masten in die Decke, daß Kalkstücke herabprasselten. Der Besan hatte die Mißgeburt gespießt. Jetzt zerbrachen die schwellenden Schiffsplanken das Möblement an den Stubenwänden und preßten die dicke, quietschende Wirtin fest, platt. Ein Zivilist entging nur knapp dem gleichen Schicksal, indem er noch im kritischsten Moment aus der Tür schlüpfte. Als diese aufgerissen ward, brach ein ungeheurer Windstoß herein und ließ die Segel knattern, bis sie sich auf einmal zum Bersten voll steiften. Das Schiff kam in Fahrt. Die Raanocken zertrümmerten vorbeistreifend Fenster, Spiegel und Bilder und hauten die ausgestopften Tiere von den Wänden. So rammte der Viermaster wuchtig die nächste Wand ein, daß die Ziegel geborsten auseinanderstoben, schoß quer über den Kirchplatz, auf der anderen Seite wieder in ein Haus hinein und durch dasselbe hindurch, nur einen Schutthaufen zurücklassend, und schlitterte nun die grausam gepflasterte John-Brinkmannstraße längs, wo der letzte Werftarbeiter, den man mitleidig mit an Deck gezogen hatte, verzweifelt seekrank wurde und kopfan über die Reling sprang. »Südwest zum Westen!«

»Heiß Großstengstagseil!« – »Zwei Strich Backbord!« – »Ahoi!«

Das rasende Schiff überrannte schreiende Menschen und durchgehende Pferde, teilte zermalmend eine Marschkolonne wahnsinnig erschrockener Trainsoldaten, jumpte über die Kaimauer platschend ins Wasser und lief nun mit verdoppelter Geschwindigkeit aus dem Hafen. Lief rücksichtslos, frech an signalisierenden oder schießenden Wachtschiffen vorbei, durchbrach unbeschadet ein entsetzlich krachendes Minenfeld und sonstige Hafensperren, jagte – immer mit vollen Segeln – quer durch eine Seeschlacht und von dannen, weit fort in die warme, blaue Ferne des Hochatlantiks, wohin kein Kanonendonner reicht, und wo wir alle einmal gewesen sind, in den süßesten Stunden unbewußter Kindheit.

Dort saß nun die Dame mit den fünf Leberfleckchen auf einem Teppich auf dem Achterdeck in der milden Sonne, und weil die Matrosen es nicht zuließen, daß ihre feinen Hände irgendwelche Schiffsarbeit anrührten, sie jedoch nicht müßig bleiben wollte, so zog sie ein Strickzeug hervor, um Strümpfe für die Seeleute zu fertigen. Rolf aber nahm ihr im Vorbeigehen die Wolle fort, und indem er diese ins Meer warf, sagte er glücklich: »Das einzige, was ihr zu geben vermögt, wonach sie sich sehnen, weil sie's entbehren, ist Liebe.«

Das – mit dem »blinden Passagier«

Alwine, die Blumenverkäuferin im Kurhause des Nordseebades Soldorp, pflegte in Augenblicken der Aufregung immer etwas Auffallendes zu tun.

Diesmal drehte sie, während sie in Gedanken Pflicht und Vernunft gegeneinander wog, den obersten Westenknopf von Steuermann Lauken andauernd von links nach rechts, als habe sie es mit dem verkörperten Wankelmut zu tun, dem sie das Genick abdrehen wolle. Und als es so weit gelang, als Lauken halb ungeduldig, halb verwundert dem davonrollenden Knopfe nachblickte – da endlich antwortete sie ihm leicht errötend, aber mit fester Stimme: »Nein, nein, Jahn; es geht nicht. Er kann noch zurückkommen, und dann – – du weißt doch.«

»Aber es sind fast 7 Jahre, daß Henry fort ist«, wandte Jahn traurig ein, »so lange bleibt keiner bei der Fremdenlegion. Sieh mal, Wine, daß ich Steuermann bin und er nur ein Matrose – das will nichts heißen, dazu will ich gar nichts sagen, aber Henry kann tot sein; er kann irgendwo in Australien leben – mit einer anderen. Hier meine Hand, Wine, ganz ohne Eifersucht gesprochen: – treu ist Henry dir nicht. In der ganzen Welt gibt es Briefpapier und – –«

Alwine drehte sich unwillig um und sagte unterbrechend: »Nein, ich will so etwas nicht hören. Du hast ihn nicht gekannt. Der schreibt nicht, hat nicht geschrieben und wird nicht schreiben. Es wird ihm schlecht gehen bei den Franzosen. Tom Hansen hat mir erzählt, wie's dort zugeht. Und Henry wird zu stolz sein, das zu schreiben. – Er kann auch tot sein, ja – – aber wenn er noch lebt, dann ist er mir treu geblieben, wie ich ihm treu geblieben bin.«

»Und wenn er nun tot ist und du erfährst es nicht? – Ertrunken, in Afrika ermordet, verunglückt? Willst du ewig warten? Wine, willst du einmal ganz einsam sterben?«

Alwine schwieg. Sie war ans Fenster getreten und fischte mit ihrem Haarkamm Ameiseneier aus dem Goldfischglas, ohne zu wissen, was sie tat.

Der Steuermann fühlte, daß er Boden gewonnen. Eindringlicher und zärtlicher fuhr er mit der weichen Stimme eines Menschen, der keine Hintergedanken hegt, fort: »Bin ich dir nicht auch treu gewesen? Habe ich nicht in vier Jahren viermal bei dir angefragt, mich immer wieder vertrösten lassen und bin doch immer wieder gekommen? In ein paar Tagen gehen wir wieder in See. Wine – Winchen – laß uns heiraten. Du wirst es gut bei Steuermann Lauken haben, vielleicht auch bald bei Kapitän Lauken.«

Und er küßte sie sacht auf die Schulter und wischte sich vorher mit dem Handrücken den Mund ab, als könne da noch etwas von den vielen ausländischen Seemannsküssen hängengeblieben sein. Sie aber bemühte sich vergeblich, ihre Tränen zurückzuhalten, und als sie auf einmal in dicken Perlen unaufhörlich über die roten, vollen Backen rannen, da gab sie ihm eine derbe Hand und sagte: »Nur noch eine Reise, bitte, Jahn, und wenn du dann zurückkommst und keine Nachricht von Henry da ist, dann« – –

Pftzsch! – Das war so einer von Alwinens treuherzigen

Küssen gewesen, die wie ein Siegel waren, dem nichts hinzuzusetzen ist. –

Jahn begab sich, innerlich heiter, äußerlich mit der erkünstelten Würde des Siegesgewissen, an Bord der »Florida«.

Ein paar Tage später ging der Dampfer auf »wilde Fahrt« in See.

Liverpool – Venedig – Odessa – Nikolajew. – –

Als Monate vergangen, da lag das Schiff im Hafen von Algier, um Kohlen einzunehmen und dann die Heimfahrt über Hamburg anzutreten.

Steuermann Lauken stand auf dem Hinterdeck. Lächelnd sah er den arabischen Arbeitern zu, wie sie auf den schmalen, von einer Kohlenschute zum Dampfer führenden Laufbrettern hin und her trippelten und – je zwei Mann mit einem kleinen Korbe – unter monotonen Gesängen die Kohlen an Bord trugen.

Da lief ein weißer Mann, rothaarig, recht ärmlich gekleidet und mit zerrissenen Segeltuchschuhen an den Füßen, über den Steg. Er sprach einen Moment mit dem Posten und schritt dann, dessen Fingerzeige folgend, auf Lauken zu.

»Steuermann«, begann er, seine englische Mütze ziehend, »ich möchte mich gern nach Deutschland 'nüber arbeiten. Ich habe lange als Matrose gefahren und verstehe meine Arbeit. Ich habe kein Geld mehr.«

»Tut mir leid«, antwortete Lauken und musterte den langgewachsenen Menschen scharf, »die Besatzung des Schiffes zählt 25 Mann. Die sind vollzählig. Mehr darf ich nicht annehmen.«

Der andere sah einen Augenblick zu Boden und sagte

dann: »Es ist keine Arbeit hier an Land zu finden. Auch der deutsche Konsul hat mich abgewiesen.«

Lauken zuckte mit den Achseln. Der Matrose bat beharrlich: »Vielleicht reden Sie mit dem Kapitän?«

Das war unvorsichtig gesprochen. Der Steuermann, der von dem kränklichen Kapitän unbeschränkte Vollmacht erhalten, entgegnete ein wenig gekränkt: »Der kann Ihnen auch nicht helfen. Das Schiff darf 25 Mann Besatzung, nicht einen Mann mehr, mitnehmen, nicht einmal zahlende Passagiere.«

Da der Fremde schwieg, fragte Lauken: »Wo sind Sie zu Hause?«

»In Soldorp an der Nordsee.«

Es überlief Lauken kalt. Minuten dauerte es, bis er Worte fand, und diese klangen unsicher, fast zitternd. »Wie kommen Sie denn hierher?«

»Ich bin von der Fremdenlegion desertiert. Nehmen Sie mich doch mit, Steuermann!«

Freimütig, männlich war das gesagt. Etwas wie Stolz lag dahinter, was Lauken Achtung einflößte. Er antwortete mit mehr Wärme als zuvor: »Ich würde Sie gern mitnehmen, aber ich habe keine Erlaubnis dazu, und ich habe noch immer getan, was ich dem Kapitän und der Reederei schuldig bin.«

Der Steuermann hatte wahr gesprochen, und was ihm an Gedanken durch den Kopf gegangen, war sehr edel gewesen. Er hätte eine tiefe, schöne Freude darin gefunden, den Matrosen seiner Braut zurückzubringen, gerade weil er in ihm den Nebenbuhler erkannt. Nur das reine, ehrliche Denken Laukens war es, das gleich bereit war, eine Liebe zu opfern, noch ehe er erwog, daß er eine doppelt wertvolle Freundschaft dafür eintauschen würde.

Aber es war ja unmöglich. Die Reederei erlaubte es nicht. Der strenge, in seiner Krankheit leicht reizbare Kapitän hätte es niemals zugegeben.

Lauken handelte pflichtgemäß.

Doch als Henry mit trotzigem Schweigen seine Mütze aufsetzte und dann in aufrechter Haltung, festen Schrittes von Bord ging, da fühlte der Steuermann, wie weh ihm das tat. Gern hätte er den Deserteur zurückgerufen. Als er es wirklich wollte, war es zu spät.

Lauken suchte die Arbeit auf. Er beaufsichtigte gewissenhaft seine Untergebenen, er schrieb und besorgte allerlei, noch fleißiger als sonst, um peinigende Gedanken zu betäuben.

Am nächsten Morgen um drei Uhr lief der Dampfer aus. Als er die hohe See erreicht hatte, wurde die Steuerbordwache zu Bett oder, wie es seemännisch heißt, zur Koje geschickt, während die Leute von Backbord Befehl erhielten, das Oberdeck vom Kohlenstaub zu reinigen.

Steuermann Lauken, der keinen Dienst hatte, konnte nicht Schlaf finden. Er wanderte, von wilden Gedanken bewegt, durch alle Schiffsräume.

Henry lebte. Henry war ein treuer Mensch. Henry war in Not und sehnte sich heim. Er, Lauken, sein Nebenbuhler, hatte ihm den Weg abgeschnitten, und er, Lauken, hatte doch seine Pflicht getan.

Das beschäftigte, quälte und tröstete ihn rastlos. Er lief durch den Ladungsraum, wo man in Odessa Säcke mit Getreide aufgestapelt hatte. Er irrte durch das Zwischendeck.

Er kletterte hinab in den Kohlenbunker, und dort, in dem schwachen Licht, das von oben hereinströmte, sah er etwas, was ihn starr und erschüttert stehenbleiben ließ, als habe er eine gespenstige Erscheinung vor sich. Aus dem hohen Haufen schwarzen Gesteins ragte ein Kopf hervor, ein Kopf mit roten Haaren, mit drohenden, verzweifelten Augen.

Lauken erkannte, was das war, und er wußte, was er zu tun hatte, aber sein stärkstes Mitleid siegte über sein stärkstes Pflichtgefühl. Einige Minuten lang herrschte spannende Stille da unten. Darauf sah Lauken über den Kopf hinweg in die Finsternis des Hintergrundes hinein, dann in die Höhe ringsherum an den Schiffswänden entlang, als suche er etwas. Endlich stieg er mechanisch an Deck und schloß sich in sein Zimmer ein. –

Seitdem verließ der Steuermann während der Freizeit nicht mehr seine Kabine. Hatte er Dienst, so blieb er meist auf dem Hinterdeck und mied ängstlich die unteren Räume. Alle wunderten sich darüber, daß er auf einmal so ernst und verdrossen dreinschaute. Niemand ahnte, daß er zum erstenmal eine Pflicht als Steuermann und Stellvertreter des Kapitäns unterlassen hatte, denn noch wußte niemand von dem blinden Passagier, von dem Steuermann Lauken wußte.

Die spanische See ist ein böses Wasser. –

Die Notiz über die »Florida«, die durch alle Zeitungen lief, kam auch der Blumenverkäuferin im Kursaal zu Soldorp zu Gesicht. Es hieß da wörtlich:

»Der deutsche Dampfer ›Florida‹ kollidierte während eines Orkans mit der englischen Bark ›Springburn‹ auf der Höhe von Cadiz. Der Dampfer sank sofort. Die aus 25

Mann bestehende Besatzung wurde von den Matrosen der ›Springburn‹ gerettet.«

Einige Jahre waren seit dem Untergang der ›Florida‹ verstrichen, und gewiß hatte keiner der Fünfundzwanzig das Ereignis vergessen. Einer solchen Katastrophe gedenkt man zeitlebens, wenn man mit dabei gewesen, da die Würfel auf Tod oder Leben rollten.

Für Lauken bedeutete es noch mehr. Ihm war das Haar seitdem ergraut, und er hatte das Lachen verlernt. Nun, da seine Wünsche in Erfüllung gegangen, da Alwine sein Weib geworden und er sie als Kapitän eines Bremer Dampfers auf weiten Reisen nach England, Spanien, ja nach Brasilien mit sich nahm, nun war er ernst, wortkarg und gleichgültig gegen alles geworden, was er sah und hörte. Und auch sie war nicht anders, die früher so lebhafte, heitere Wine.

Sie waren gut zueinander, wie vielleicht einsichtsvolle Gefangene zueinander sind, aber etwas Unausgesprochenes, Trauriges bedrückte sie beide, was sie nicht gemeinsam trugen. Das – mit dem »blinden Passagier« konnte er nicht verwinden. War es nicht so, als habe er ihn gemordet? Der Braut den Bräutigam gemordet?

Hätte er nur ein Wort gesprochen damals auf dem englischen Schiff, als sie alle jubelten und bejubelt wurden, die Geretteten. Hätte er damals gerufen: Es fehlt noch einer! Im Bunker bei den Kohlen oder im Kornraum ist einer eingeschlossen! – dann wäre er rein geblieben.

An Rettung war da ja nicht mehr zu denken, aber er hätte sich freigemacht von der Qual dieses Geheimnisses.

Und Wine? Hätte er zu ihr gesagt: Dein Henry ertrank. Es war nicht meine Schuld. Er hatte sich im Schiff versteckt – wie frei mußte ihm jetzt zumute sein. Aber er hatte geschwiegen, auch später, wenn sie manchmal sich seufzend gewünscht, nur zu wissen, ob er noch am Leben sei. Er, an dessen Treue sie noch immer glaubte.

Lauken tastete mitunter nach Entschuldigungen. Was hätte es genützt, die Wahrheit zu sagen? Schmerz mußte es ihr bereiten und dem, der die Botschaft brachte. Konnte er damals vor sie hintreten, um zu sagen: Henry ist tot, heirate mich?! – –

Nein, es gelang nicht, sich rein zu waschen. Es blieb nicht nur Feigheit, sondern ein erbärmlicher Betrug.

Nun hatte er doch nichts von ihr und sie wohl auch nichts von ihm. Sie achteten und schonten einander, aber sie hatten sich wenig zu sagen. Sie küßten sich mitunter und fühlten dabei, daß es geschah, weil es Brauch war. Sie saßen manchmal Hand in Hand an Deck, um über das Meer zu schauen, und vergaßen dabei einander im tiefen Sinnen. Und doch dachten beide dann an den gleichen Mann. –

Da traf einmal die gefürchtete Order ein. Das Schiff fuhr von Cardiff nach Algier.

Lauken war ein kranker Mann geworden. Wine pflegte ihn unermüdlich und ohne zu klagen. Er verbarg die Unruhe, die ihn quälte, so gut er konnte, aber sie nahm zu, je weiter sie nach Süden gelangten, und als bei St. Vincent der Kurs geändert wurde, da war sie zum heißen Fieber geworden. Er kämpfte dagegen mit aller Macht, er wollte sich nicht niederlegen. –

Es kam eine sternlichte Nacht, da die See ganz ruhig geworden. Von Backbord aus sah man ein Licht am Horizont aufblinken. Das war das Feuer von Faro.

Die Matrosen und der Steuermann waren vorn mit dem Takelwerk beschäftigt. Kapitän Lauken stand mit seiner Frau an Deck. Sie hatten sich über die Reling gelehnt und schauten ins Wasser. Es war nichts Ungewöhnliches, daß sie so fast eine Stunde schweigend beisammen verharrten.

Endlich begann Lauken, ohne den Kopf zu erheben: »Alwine, nicht wahr, du kannst Henry nicht vergessen?«

Die Frau schrak zusammen. Es war das erstemal in ihrer Ehe, daß Jahn diesen Namen von selbst aussprach. Was bedeutete es?

»Aber Jahn –«, stieß sie nur hervor und bemerkte auf einmal, wie verstört er aussah. »Jahn, was ist dir?«

Er gab keine Antwort. Sie wußte nicht, was sie sagen sollte. Ihr Busen hob und senkte sich schnell. Sie drehte erregt ihren Trauring in der Hand, den sie unbewußt vom Finger gestreift.

Da wandte sich der Kapitän um, griff nach dem Ring und warf ihn in weitem Bogen über Bord.

»Dort – unten – liegt – Henry!« sagte er mit einer veränderten, ganz leisen, gramerfüllten Stimme.

Und als sie sich weinend an seine Brust schmiegte, so vertrauend wie nie zuvor, da erzählte er ihr, ganz langsam und mild, was niemand außer ihm wußte, – das – mit dem »blinden Passagier«.

––– Das Feuer von Faro war längst außer Sicht. Das Schiff mußte ungefähr auf der Höhe von Cadiz sein.

Charly Brand, ahoi!

Skizze

In einer kleinen Hamburger Schifferkneipe ging es hoch her. Alle tranken nach Herzenslust, aber nur einer bezahlte. Das war Charly Brand, der heute angemustert hatte und dessen Schiff morgen in aller Frühe in See gehen sollte. Deshalb saß er jetzt noch einmal mit seinen Kameraden bei einigen »Runden« zusammen, und deshalb hielt das Wirtstöchterchen Marie, eine schöne, üppige Blondine, in die er sich seit acht Tagen ganz verschossen hatte, einen großen Blumenstrauß in Händen. Es waren prachtvolle, in der Jahreszeit noch seltene Rosen. Charly Brand selbst kannte ihren Wert gar nicht; er hatte einen recht teuren Strauß verlangt. Was galt ihm das Geld; er hatte ja seinen Monat Vorschuß bekommen. Die andern, die jetzt um ihn herum zechten, halfen ihm, den fleißig durchbringen. Sie tranken auf Charlys Gesundheit, auf gute Fahrt, zuletzt auf seine Liebe, die ihre koketten Augen von einem zum andern wandern ließ, und dabei erkundigten sie sich nach Namen, Art und Ziel des Schiffs, auf das er kam.

Es roch stark nach Grog und Navy Cut in der kleinen Wirtschaft. Maries Mutter, die hinter der Tonbank einschenkte, tränten die Augen von dem Tabaksqualm, und Hein Buck meinte, es sei ein Nebel wie auf der Themse. Bei der Tür stand ein ungeheurer Kleidersack, der Charlys ganze Ausrüstung enthielt. Er war bis an den Rand vollgestopft, und ein vorwitziger Seestiefel guckte sogar oben noch bis zur Hälfte heraus, so daß es aussah, als sei ein Mann in den Sack geschnürt. Ein alter Schiffskoch saß jetzt darauf und sang und spielte auf einer Ziehharmonika unaufhörlich das Seemannslied:

Ja, was nützt denn dem Seemann das Geld,
Wenn's ihm schließlich ins Wasser fällt.
Ja, was nützt denn dem Seemann die Braut,
Wenn er sie niemals wieder schaut. – –

Charly erklärte nun, sein neues Schiff wäre eine englische Dreimastbark und hieße Mary Anny. »Kenne ich«, fuhr hier Klaus auf, ein rothaariger, ostfriesischer Matrose, »Mary Anny – schwarz gemalt – fährt brasilianische Küste – bleibt gewöhnlich zwölf Monate weg« – –

»Mary Anny, ahoi!« riefen alle und tranken Charly zu. Dieser war sehr gerührt. Er stieß mit jedem einzelnen an, und dann bestellte er eine neue Runde Grog nebst Zigaretten. Darauf gab er näheren Aufschluß über Takelage, Ladung und Besatzung seines Schiffs, beschrieb die Reise nach Südamerika genauer und stieß auf ein frohes Wiedersehn mit den Freunden an, denen er auch bald ein gutes Schiff wünschte. Auch von seiner mächtigen Liebe zu Marie sprach er, aber das sagte er nur zu ihr selbst, und er gestand es ihr auch nur ganz leise.

Das junge Mädchen hatte ihre Hand in die seine gelegt. Sie blickte ihm zärtlich lauschend in die treuen Augen. »Magst du mich auch wirklich leiden?« hatte er sie schon zum drittenmal gefragt. »So lange ich lebe«, erwiderte sie leidenschaftlich. »Mich ganz allein?« forschte er nochmals und zog ihr blondes Köpfchen mit fast ängstlicher Vorsicht an sich. »Natürlich!« und sie fing auf einmal an zu weinen, so daß der rauhe Charly Brand, der keine Tränen sehen konnte, sehr erschrak und sie, weil er in seiner Verlegenheit nicht wußte, was er sagen sollte, ungestüm küßte. Dann wurden beide wieder lustig und lachten mit den andern. Alle waren sehr vergnügt und sangen, tranken und stießen wieder die Gläser zusammen, indem sie »Hurra!«, »Charly Brand hoch« und »Mary Anny, ahoi!« schrien. Der Schiffskoch hätte einen Tusch gespielt, aber er war schon betrunken.

Kurz vor zwölf Uhr sagte Hein Buck mit stockender Stimme: »Charly Brand, bist du klar? Es hat Mitternacht geglast. – Du mußt fort. – – Wenn ich dir dein Zeug an Bord schaffen soll – – denn du willst doch lieber deine kleine Zuckerschnute so'n bißchen ins Schlepptau nehmen. –« »Na ja, 's ist gut. Hier hast du eine Mark dafür«, meinte der Angeredete.

Marie hatte bei Hein Bucks Worten den Arm ihres Geliebten fester umschlungen, als wollte sie den Scheidenden mit Gewalt zurückhalten. Charly Brand tröstete sie mit den wenigen, schlichten Worten, die ihm zu Gebot standen. Unterdessen war Hein Buck unter dem Beistand zweier Schiffsjungen aufgestanden. Er steckte kollegial salutierend die Mark in die Tasche, schwang sich mit staunenswert geübtem Griff den Kleidersack auf den Rücken und fiel damit zur Tür hinaus. Die anderen lachten. – Charly Brand stand mit Marie in der Küche. »Willst du mich wirklich begleiten?« fragte er gutmütig. »Aber gewiß, mein lieber, lieber Charly.« Dann trat er wieder in die Gaststube, um den Kameraden und der Wirtin zum letztenmal die Hand zu reichen. Charly Brand schied von den Genossen. »Mary Anny, ahoi!« klang es ihm brausend nach, und draußen wartete wirklich Marie auf ihn; ohne Hut, so wie er es liebte, nur die weiße Schürze hatte sie abgebunden.

»Es ist doch schön, wenn einem die Freunde so nachschreien«, sagte er gerührt zu ihr. Er wollte damit der Freundschaft, nicht dem Gebrüll ein Lob zollen. »Aber die Liebe ist doch noch viel schöner«, entgegnete sie mit verführerischem Lächeln. Beide küßten sich.

Es ging sich wunderschön auf dem kurzen Weg zum Hafen, zumal wenn man ihn zweimal oder dreimal, auch viermal auf und ab schritt und sich dabei immer küßte.

Endlich hielten die beiden aber doch am Kai; es mußte jetzt sein. Es war eine wunderbare, wenn auch sternenlose Nacht. Sie blickten auf die Elbe, die ihre Wasser plätschernd an die steinerne Kaimauer warf. Ein paar Fischdampfer lagen verlassen am Ufer und rieben sich knarrend aneinander. Von der andern Seite des Wassers her ertönte das schrille Signal eines Nebelhorns, dann war wieder alles still.

Charly Brand wies mit dem Finger stromaufwärts. Dort zeigten sich mitten auf dem Fluß die schwarzen Umrisse eines Segelschiffs. Das war die Mary Anny. Ein grünes Licht, das dort ausgebracht war, warf seinen Schein in einem zitternden Streifen über das Wasser hin bis zu den beiden Verliebten.

»Damit du mich unter den vielen andern Mädchen, die du siehst, nicht ganz vergißt«, flüsterte Marie und drückte ihm etwas in seine große, hornige Hand. Ein silberner, einfacher Freundschaftsring, den sie sich vom Finger gezogen.

Er paßte ihm natürlich nicht, aber er band ihn ergriffen in sein Schnupftuch. Dann wandte er sich nach dem Wasser, legte die Hand an den Mund und rief mit durchdringender Stimme: »Mary Anny, ahoi!«

Das Mädchen neben ihm schrak zusammen. Sie kannte wohl dieses Seemannssignal, wußte, daß es eine Aufforderung für das angerufene Schiff war, ein Boot herüberzusenden, aber der langgedehnte Ruf, den ihr Charly soeben über die Elbe gesandt hatte, klang ihr so unheimlich, sie wußte selbst nicht warum. Sie mußte dabei an Sturm und Wellen, an Schiffsuntergang und Seemannstod denken.

Das Zeichen war auf dem Segler verstanden worden. Neben der grünen Lampe leuchtete jetzt ein kleines weißes Licht auf, das unruhig auf und nieder tanzte, bis es sich von dem schwarzen Schiff löste und entfernte. Ein schwarzer Punkt – ein Boot glitt über das Wasser auf das selige Paar zu, das am Ufer sich innig umschlungen hielt. Ach, sie hatten sich ja noch so viel zu erzählen. Sie wollte ihm recht oft schreiben, und er sollte den versprochenen Papagei und das seidene Tuch nicht vergessen. Er wiederum malte ihr nochmals aus, wie er, wenn er nächstes Jahr zurückkäme, auf die Steuermannschule gehen wollte, wie er sich dann von seinen Ersparnissen einen kleinen Schoner kaufen wolle, wie seine hübsche, kleine Marie dann Frau Kapitän werden würde. – – Er wußte noch viel mehr zu erzählen, aber das Boot der Mary Anny legte gerade an. Charly Brand grüßte den alten, brummbärigen Bootsmann und fragte, ob seine

Sachen schon an Bord seien. Der Alte bejahte das mit unfreundlichem Nicken.

Dann küßte Charly Brand das weinende Mädchen noch einmal stürmisch. »Wenn du mich wirklich liebst«, sagte er, »dann warte hier, bis ich an Bord bin, und ruf mir noch ein einziges Mal zu.« Damit stieg er, ohne die Antwort zu hören, ins Boot, wo er sich ans Ruder setzte.

Der Bootsmann stieß ab. Charly Brand schwenkte seine Mütze und sah Marie mit einem Tuch winken, bis die Dunkelheit mit der Entfernung sie nicht mehr erkennen ließ.

Und als er etwas später das Deck seines neuen, schwimmenden Heims betrat, eilte er gleich auf die Back, bog sich weit über die Reling und spähte und lauschte atemlos in die Nacht hinaus. Er konnte seine Marie nicht erkennen. Die Entfernung war zu groß, und es war auch viel zu dunkel. Ob sie wohl rufen würde? Nur ein Möwenschrei, der wie das Wimmern eines Kindes klang, ließ sich hören. Charlys Stirn zog sich in Falten, aber er blieb stehen und horchte weiter, und da auf einmal drang es ganz schwach vom fernen Ufer herüber: »Charly Brand, ahoi!«

Der, dem dieser Ruf galt, war so glücklich. Er hätte am liebsten laut geantwortet, und noch lieber wäre er ins Wasser gesprungen und wieder zurück ans Land geschwommen, aber er war doch ein Seemann, und so ging er hinunter nach dem Achterschiff und meldete sich beim wachthabenden Steuermann.

In einem Café in Rio Grande do Sul saß Charly Brand mit einem Leichtmatrosen von einem deutschen Dampfer, der erst vor einem Monat Hamburg verlassen hatte. Walter war ein alter Kamerad von Charly Brand. So war dieses zufällige Wiedersehn hier ein doppelt freudiges, und das wurde nun bei Essen und Trinken lustig gefeiert. Ein Neger gab einen Nationaltanz zum besten, den er mit Gesang begleitete. Dazwischen tauschten Charly Brand und Walter die üblichen Fragen. Wie war die Reise? Wie schaut's in Hamburg aus? Wie geht's dem oder der? Charly erzählte, was er in den acht Monaten, seit er von Deutschland fort war, erlebt hatte, und Walter berichtete Neues von Hamburg, von den Freunden und von seiner Liebe, die er sich jetzt dort angeschafft habe. Er müßte ihr gleich einen Brief schreiben, wie er ihr habe versprechen müssen, sagte er, und ließ sich Papier und Schreibzeug bringen. Unterdessen zog er einen schmutzigen, zusammengefalteten Briefbogen aus seiner Tasche, wickelte sehr behutsam eine Photographie heraus und reichte sie seinem Freund. »Mein stilles Glück«, bemerkte er schwärmerisch. »Nächstes Frühjahr wollen wir vielleicht heiraten.«

»Die Marie aus der Schifferkneipe«, entfuhr es Charly unwillkürlich.

»So, du kennst sie?« fragte Walter, erhielt aber keine Antwort. – –

»Weißt du, Walter«, begann der andere endlich, »ich muß jetzt an Bord, da wir morgen absegeln, aber ich werde auch noch einen Brief an Marie schreiben, und den kannst du dann in deinen mit hineinstecken.« Darauf schrieben beide, während der Neger, den Inhalt der deutschen Worte wohl erratend, ihnen lachend über die Schultern sah.

Charly Brand war zuerst fertig. Er reichte das geschlossene Kuvert seinem Freund Walter hin, der keine Neugierde kannte, zahlte die Zeche für beide, schüttelte seinem Walter herzlich die Hand, wobei er ihm Grüße an die Hamburger Freunde auftrug, und schlenkerte nachdenklich an Bord der Mary Anny.

Sein Brief an die Marie in der »Schifferkneipe« enthielt weiter nichts als den kleinen, silbernen Ring. Dazu hatte er mit großen Buchstaben die Worte geschrieben: Charly Brand, ahoi.

Die neun Lumpen

Sie wichen vom Wege ab und streiften quer durch Wald und Dickicht. Ihrer drei, alle etwas älter als vierzig. In der Art, wie ihre Schritte und Spazierstöcke ausholten, war zu erkennen, wie jung und frei sich die Leute fühlten. Ihre Röcke trugen sie verkehrt, das Futter nach außen, und weil sie keine Hüte hatten, war ihr Haar vom Wind und Gestrüpp zerzaust und bestreut.

»All diese Herrlichkeit gehört uns!« sagte der Schriftsteller und tat einen Atemzug wie ein Staubsauger.

»Kennt ihr Courbets Bild ›Der Wald von Fontainebleau‹?« fragte der Maler.

»Still! Ein Reh!« rief der Redakteur, und da sie daraufhin stehenblieben, legte er mit seinem Spazierstock wie mit einem Gewehr auf eine Rehmutter an, die mit ihrem Rehkind in einer Lichtung graste. Da knallte ein Schuß, der erhobene Spazierstock fiel zu Boden.

»Hände hoch, ihr Lumpen!« Ein Förster näherte sich mit vorgehaltenem Gewehr.

»Sind Sie verrückt?« Der Schriftsteller hob zornig seinen Stock. Der Förster feuerte einen zweiten Schuß ab und sprang, mit raschen Griffen neu ladend, heran.

»Sie wahnsinniger Hund!« rief der Maler. »Ist das eine Manier, auf harmlose Spaziergänger zu schießen?!«

»Harmlos?« Der Förster musterte die Leute scharf,

bückte sich, hob den Spazierstock auf und untersuchte ihn mißtrauisch.

»Heilemann, was gibt's?« fragte eine neue Stimme. Zwei Herren mit Jagdflinten tauchten auf.

»Halten Sie sie in Schach; sie haben ein Gewehr weggeworfen.« Der Jäger fing an, den Boden ringsum abzusuchen.

»Sagte ich es nicht, Herr Geheimrat? Es wimmelt jetzt von solchen Lumpen.«

»Lumpen??« Der Maler und der Schriftsteller machten einen Schritt auf die vorgestreckten Gewehre zu. »Wagen Sie's zu schießen!« – »Sind wir hier im mexikanischen Busch?«

»Was haben Sie in diesem abgezäunten Privatbesitz zu suchen? Können Sie nicht lesen?«

»Wir können sogar schreiben, und das werden Sie zu lesen bekommen.« – – – »Jawohl! Sagen Sie uns sofort, wer Sie sind, sonst rufen wir Hilfe herbei.«

»Wer sind denn Sie? Das ist viel interessanter.«

»Ich bin der Schriftsteller Rift.« – – – »Ich bin der Kunstmaler Ale.« – – – »Redakteur Reda. Und wer sind Sie, bitte?«

»Das gehört nicht zur Sache. Wir sind hier sehr bekannt.«

»Sie – Sie sind die Lumpen!« der Schriftsteller spie aus.

Der Förster kam zurück, sichtlich enttäuscht. Er gab den Jägern ein Zeichen. Der Geheimrat wandte sich an die Spaziergänger: »Ich rate Ihnen, sich jetzt still und eiligst aus dem Staube zu machen.«

»Nicht ehe wir Ihre Namen festgestellt haben.«

»Gut. Das ist der Geheimrat Salez, das sein Förster Heilemann. Ich heiße Willy Widmann. Alle drei aus Stuttgart.«

Der Redakteur diktierte mitmurmelnd: »– Widmann –

alle Stuttgart – Unerhörter Überfall – – – Sie werden von uns hören!« sagte er laut und zog seine Freunde mit sich fort. Die Jäger entfernten sich in entgegengesetzter Richtung. »Lumpengesindel!« klang es noch einmal von dort.

»Beinahe hätten sie uns totgeschossen.« – »Sofort zur Polizei! Hoffentlich stimmen ihre Namen.« – »Hätte ich einen Revolver oder ein Messer bei mir gehabt – – –.« – Während der Zorn der Beleidigten sich in phantastische Rachegedanken verirrte, verirrten sich die Wanderer selbst in dem weiten Wald. Es dunkelte bereits, als sie endlich die Straße nach Stuttgart fanden. Sie wendeten ihre Röcke und brachten ihr Haar in Ordnung. Da sie noch in selber Nacht nach München heimkehren wollten und hungrig und durstig waren, beschlossen sie, die Anzeige bei der Polizei schriftlich zu erstatten. Keiner von ihnen kannte Stuttgart. Sie betraten aufs Geratewohl ein Restaurant, das den Namen »Elsässer Taverne« trug. Mit dem ersten Schoppen Sechsundzwanziger Markgräfler waren ihre Müdigkeit und ihr Mißmut hinuntergespült, und bei einer leckeren Mahlzeit wuchs ihr Wohlbehagen. Der Wirt erschien und begrüßte sie wie die übrigen Gäste mit einer freundlichen Verbeugung.

Der Maler stieß seine Freunde an: »Habt ihr gesehen? Da ist er!«

Ja, das war er wirklich, der Jäger Widmann. Jetzt setzte er sich zu zwei Gästen – ha! – Diese Gäste waren: der Geheimrat und sein Förster. – »Soll ich Polizei holen?«

»Nein«, sagte der Schriftsteller laut. »Keinen Schritt für diese Banditen. Wir machen das schriftlich, und zwar gleich. Keine Anzeige, sondern ein ausführlicher Bericht in deiner Zeitschrift –.«

»Jawohl, und ich werde die Kerle dafür zeichnen. Habt ihr Papier? – Kellner, bitte einige Briefbogen.«

Der Redakteur öffnete sein Notizbuch. »Unglaublicher Überfall auf drei bekannte...«

Die Jäger waren längst aufmerksam geworden. Sie hatten die Köpfe zusammengesteckt und leise gelacht und getuschelt. Jetzt entfernte sich der Wirt und kam bald darauf mit Schreibzeug und großen Bogen Papier zurück. »Vielleicht ist den Herren damit gedient«, sagte er und verteilte die Schreibsachen auf den Tisch der Ausflügler, fegte zuvor die Brotkrumen weg und tauschte den überfüllten Aschenbecher gegen einen sauberen aus. Dann setzte er sich wieder zum Geheimrat. Das war so schnell geschehen, daß von den Leuten aus München keiner ein Wort gefunden hatte. Nun ärgerten sich die über ihre Verblüffung. »Unverschämtheit. Aber wir lassen uns nicht bestechen. Schreib, Reda. Wie fing es an?«

»Unglaublicher Überfall auf drei bekannte...«

Das Diktat kam aber bald ins Stocken. »Ich muß nochmal dasselbe essen«, sagte der Redakteur, »es war so gut.«

»Der Wein ist ausgezeichnet«, sagte der Schriftsteller, »Kellner, noch drei Schoppen!«

»Man muß zugeben: ein sauberes Lokal.« Der Maler legte den Bleistift beiseite. Seine Blicke schweiften über die Wände und blieben immer wieder innigst an einem Bild über dem Tisch der Jäger hängen.

»Weiter, Reda. ...ein zweiter Schuß, aus nächster Nähe abgefeuert, verfehlte ebenfalls glücklicherweise sein Ziel...«

Da näherte sich der Wirt abermals und sagte: »Nicht Überfall. Schreiben Sie Raubüberfall. Wir haben Ihnen die Brieftaschen entrissen.«

Bei dieser Bemerkung machte der Redakteur unwillkürlich eine leichte, fühlende Handbewegung nach seiner Brusttasche und wiederholte diese Bewegung sofort deutlicher, und die beiden anderen Herren taten nun das gleiche. Drei Brieftaschen fehlten. Der Anblick der erschrockenen, sich beklopfenden und die Taschen durchwühlenden Männer war sehr komisch und zugleich Mitleid erregend. Der Redakteur hatte die ganze Fassung verloren. »In zwanzig Minuten geht unser Zug.«

»Meine Herren«, sagte Widmann höflich und bestimmt, »wir wollen abrechnen.«

»Jawohl, das wollen wir!« rief der Schriftsteller und trat groß vor den Wirt. Dieser fuhr fort: »Darf ich Sie dazu – für beide Teile unverbindlich – an unseren Tisch bitten?«

»Gut.« – »Warum nicht.« – »Hier sind wir ja nicht wehrlos.«

Der Geheimrat und sein Förster erhoben sich. »Vorgestellt haben wir uns bereits. Bitte nehmen Sie Platz.«

Der Wirt ergriff das Wort. »Vor allem bitte ich Sie um Verzeihung, weil ich mir einen unfeinen Scherz erlaubte. Als ich Ihnen das Schreibzeug vorlegte, habe ich Ihre Brieftaschen entwendet. Hier sind sie zurück, selbstverständlich von uns unbesehen.«

Der Geheimrat sprach: »Auch ich bitte Sie wegen dieses Unfuges um Entschuldigung. Herr Widmann ist in Stuttgart nicht nur als hervorragender Wirt, sondern auch wegen seiner privaten Liebhaberei für Zauberkünste bekannt. Als leidenschaftlicher Taschenspieler hat er sich den Spaß gemacht – – –.«

»Das ist alles recht und erledigt«, unterbrach ihn der

Schriftsteller und steckte seine Brieftasche ein, »aber wie konnten Sie es wagen, auf uns zu schießen? Wenn Sie ahnten, wen Sie beinahe getötet hätten –.«

Geheimrat: »Herr Rift, ich verfolge und schätze Ihre Dichtungen seit langen Jahren.«

Schriftsteller: »Kellner, bitte noch drei Schoppen.«

Wirt: »Nein, Max, bringen Sie Nummer sechzehn. Die Herren erlauben mir doch einen Tropfen aus meinem Privatkeller?!«

Redakteur: »Für beide Teile unverbindlich. Denn wenn Sie uns heute erschossen hätten –.«

Wirt: »Dann hätten wir nie wieder das Vergnügen gehabt, Ihre geistreichen Aufsätze in dieser Zeitschrift zu lesen, auf die ich seit neun Jahren abonniert bin. Prosit, meine Herren!« – – – »Prosit!« – – – »Prosit!« – – – »Prosit!« – – – »Prosit!« – – – »Prost!«

Geheimrat: »Meine Herren, Sie werden zugeben, daß Sie nicht viel von Jagd und Jagdrecht verstehen.«

Schriftsteller: »Das geht uns auch einen Dreck an. Wir wollen Wald und Wild mit unseren Augen sehen und keinen Bierkomment in die Natur bringen. Ob ein Reh Löffel oder eine Rute hat, ob es äst oder promeniert – – –.«

Geheimrat: »Gut, aber dieses Ignorieren kann gefährlich werden in dem Augenblick, da Sie in umgekrempelten Jacken auf fremdem, eingezäuntem Privatbesitz –«

Förster: »Mit einem Gewehr auf eine Ricke anlegen.«

Redakteur: »Ein Spazierstock war es.«

Förster: »Das kann auf Entfernung bedenklich täuschen. Prost!« – – – »Prosit!« – – – »Prosit!« – – – »Prosit!« – – – »Prosit!« – – – »Prosit!«

Wirt: »Wenn Sie wüßten, wie raffiniert und brutal Wilderer vorgehen, daß sie Spazierstöcke mit eingeschraubtem Gewehr führen; daß sie uns ohne weiteres niederschießen, wenn wir ihnen nicht zuvorkommen; daß sie unbarmherzig die Mutter von den Jungen wegknallen –.«

»Das ist eine saubere Arbeit!« platzte der Maler heraus, und als alle ihn erstaunt anblickten, deutete er auf das Bild überm Tisch.

Der Wirt freute sich. »Max, noch drei Nummer sechzehn! Ja, das ist freilich ein schönes Stück. Mein Schwiegervater Heritier, der die Elsässer Taverne gründete, fand das Bild in einem Pfarrhaus. Die Pfarrersfrau bot es ihm an, ihr war es zu weltlich.«

Maler: »Weltlich? Himmlisch ist es! Diese unterschiedliche Weltanschauung in den Gesichtern dieser Handwerksburschen –.«

Wirt: »Es sind die bekannten Drei. Leim, Zwirn und Knieriem – – –.«

Schriftsteller: »Aus Lumpazivagabundus, richtig! Wer hat das gemalt?«

Wirt: »Pilgram, ein Wiener Maler. In dem Knieriem hat er den Nestroy selbst porträtiert.«

Der Redakteur sprang auf: »Wir haben den Zug verpaßt!«

Schriftsteller: »Was tut's? Fahren wir morgen!«

Geheimrat: »Meine Herren, Heilemann hat heute zwar nur Schreckschüsse in die Luft gefeuert, aber wir betrachten Sie dennoch als moralisch angeschossen. Und um Ihnen ein kleines Schmerzensgeld anzubieten, bitten wir Sie herzlichst, diese Nacht als unsere Gäste mit uns zu verbringen.«

Förster: »Ich bitte Sie um Entschuldigung, weil ich Sie für Lumpen hielt.«

Schriftsteller: »Sie hatten recht. Wir sind eigentlich Lumpen.«

Wirt: »Nein, wir waren die Lumpen.«

Schriftsteller: »Nein, wir!«

Wirt: »Nein, wir!«

Maler: »Einigen wir uns dahin: Jene drei Nestroyschen Lumpen auf dem Bilde dort und Sie drei und wir drei sind zusammen neun Lumpen. Und die sind nicht totzumachen, sondern sollen leben!«

»Hoch, hoch, hoch!« – – – »Es lebe das Weidwerk!« – – – »Prosit!« – – – »Es lebe die Kunst!« – – – »Ein Spezielles der Zauberkunst!« – – – »Es lebe die Malerei!« – – – »Die Elsässer Taverne!« – – – »Prost, Leim!« – – – »Prost, Zwirn!« – – –

Es wurde eine unvergeßliche, einmütige, betrunkene Nacht.

Vom Baumzapf

Magdalissimus Baumzapf ging zu seinem Onkel.

Magdalissimus hatten seine Eltern ihn taufen lassen, damit er etwas Apartes, Originelles werden möchte. Denn sein Vater war zeitlebens in langen Haaren und Sammetjackett umhergewandelt. Da sich der Alte zum Sterben streckte, hatte er ohne Zweifel keine Ahnung von dem berühmten Ausspruch Lord Byrons, daß zwei Rosse keine Violine nageln. Denn nunmehr, das heißt 28 Jahre nach des Vaters Tode und 29 Jahre nach seiner eigenen Taufe trug Magdalissimus außer diesem Namen, einer Stinkwut und zwei dicken Foliobänden illustrierter Bechstein-Märchen nichts weiter Wesentliches zu seinem Onkel.

Er haßte seinen Onkel. Der Onkel liebte ihn. Der Onkel lieh kein Geld her. Magdalissimus schenkte immer wieder Bücher hin. Der Onkel sammelte leidenschaftlich, u. a. Bücher. Magdalissimus borgte leidenschaftlich, aber unleugbar war der Onkel ein außerordentlicher Geizhals. Seitdem er z. B. einmal als Gast bei einem Diner Schnepfendreck gespeist hatte, wünschte er nichts sehnlicher, als eine Schnepfe zu sein.

Doch billigerweise hat gerade diese übelste Wurzel, Geiz, meist eine oder mehrere sonderliche Tugenden in Begleitschaft. Und allein die Freude, das Verständnis und die Sorgfalt, womit der Onkel Bücher sammelte, Bücher stapelte, hätten genügen müssen, um im Busen seines Neffen einen ganz raffinierten Mord- und Racheplan zu ersticken. Rache, weil der Onkel kein Geld gab; Mord, weil er viel besaß.

Mittelst anderweitiger Geldanleihen, zäher Energie und Schwindeleien konsultierte Magdalissimus Architekten, Notare, Literarhistoriker, besuchte er Antiquariate und Buchbinder. Und nach zwei Jahren feindseliger Zurückgezogenheit wußte er allerlei Bedeutsames, z. B. wieviel Gewicht ein Balken trägt.

Da ging er zum erstenmal wieder zu seinem Onkel, bat um Verzeihung und verehrte ihm zur Versöhnung die Memoiren Casanovas, die sehr seltene Originalausgabe, vor d. franz., 12 Bände, in Bronze gebunden.

Der Onkel umarmte ihn, weinte, blieb – der neunundsechzigjährige Mann! – seines Neffen wegen bis 2 Uhr morgens wach, sein Bestes erzählend, und begleitete sogar noch den jungen Mann vier Meilen weit bis an dessen Wohnung. Denn Geizige sind unermüdlich in ihrer Dankbarkeit. Sie leben sehr lange.

In der Folge kam Magdalissimus oft, später täglich; jedesmal brachte er Bücher für den Onkel mit. Schöne alte Bücher, interessante Bücher, dicke Bücher, Folianten. Vielbändige Werke, Brockhaus, Meyers Lexikon, Große Ausgabe; den ganzen Luther, Europäische Annalen. Erbauliche Werke. Eine umfangreiche Bibelsammlung auf einmal und dann nach und nach ixerlei, wahllos oder vielmehr encyklopädisch. Auch anfechtbare Sachen, wie Karl Mays Schriften, alle Sammelbände Simplicissimus und dergl. All das neu und solid gebunden. In Holz gebunden mit Messingbeschlägen.

In Lederdeckeln mit Bleieinlage. In sammetüberzogenes Eisen gebunden. In Nickel; in Kupfer.

Magdalissimus Baumzapfens Mutter starb am Magenkrebs und hinterließ, was aus zwölfjährigem Mittagstisch herauszuschlagen war. Der Onkel weinte, küßte, tröstete, dichtete einen Nekrolog, zeichnete die Verblichene aus dem Gedächtnis, wanderte jeden Sonntag eigenhändig nach dem Friedhof, um das Grab zu begießen, und schenkte die Jugendbriefe der Toten hin. Schenkte!

Magdalissimus wendete die halbe Erbschaft daran, um sich mit wertvollen Reisebeschreibungen und sämtlichen Jahrgängen der »Times« zu revanchieren.

Er redete auf seinen Onkel ein: Hier eine kostbare unersetzliche Bibliothek in dauernder Feuersgefahr. Demgegenüber nichtswürdig hohe Versicherungsgebühren. Und dahinter fast lächerliche, nein trügerische Ersatzansprüche. Der Onkel verließ nicht mehr seine Wohnung.

Magdalissimus kam und schenkte. Er wog seine Geschenke zuvor, ideell wie materiell. Sein zweijähriges Studium hatte ihm eine gewisse physikalische und mathematische Gewandtheit verliehen, und eine verständliche Vorsicht gab ihm den Vorsatz ein, die letzten fünf Zentner nicht mehr persönlich zum Onkel zu schaffen, sondern sie lieber eingeschrieben per Post aus Influenza zu senden. In seinen Gedanken galt ihm dabei ein zerquetschter Paketträger für ein schrecklich betrübliches, aber unumgängliches Opfer.

Onkels Bewegungsradius verkleinerte sich. Bücher drängten sich an Bücher, übereinander bis an die Decke. Und da sandte Magdalissimus das neue, verschließbare und feuersichere Bücherregal aus Stahl.

Onkels Zimmerwände knackten spukhaft. Es knackte in den Bohlen des Fußbodens. Onkel wurde unruhig. Er merkte schon lange was, aber nicht richtig was.

Jetzt wieder zurück zum Anfang der Erzählung. Magdalissimus Baumzapf ging zu seinem Onkel. Das letzte Mal.

Er schenkte zwei illustrierte Foliobände: Bechsteins Märchen, in vergoldeten Marmor gebunden. Onkels Stube betretend, ließ er die Bücher im Schreck fallen, weil er eine Senkung im Fußboden gewahrte; und das Fensterbrett war verbogen. Aber gleich hinterdrein erschreckt, hob er die Bücher hastig wieder auf, um den Fußboden wieder um ihr Gewicht zu erleichtern.

»Mach dir's leicht, guter Junge, und nimm Platz«, sagte der Onkel. Onkel hatte heute etwas zum Anbieten: Zigaretten, eine ganz besondere Sorte, zwei Stunden weit extra für den Neffen herbeigeholt. Der nickte nur, weil ihm der Atem noch nicht zurückgekehrt war.

»Mein Gott! Junge, du bist ja ganz blaß! Fehlt dir was?«

Magdalissimus wehrte verwirrt, suchte nach irgend – – Aber es klopfte, und ein halbes Dienstmädchen meldete, die erste Lieferung von Bollermann sei angelangt.

Vielleicht erhoffte Onkel eine neue bibliophile Dedikation Magdalissimi; er sagte: »Bitte, man soll sie hereinbringen.« Dabei griff er mit erstaunlicher Stärke und Behendigkeit sechs Bibeln aus einem Regal, als wollte er Platz für das Kommende schaffen. »Onkel«, rief Magdalissimus, sich erregt erhebend, »erwartest du etwa noch – –?«

»Bitte halte mal!« antwortete der Onkel und drückte ihm die sechs Bibeln so wuchtig in die Arme, daß der junge Baumzapf damit in den Sessel zurückfiel. Da klopfte es, ging die Türe auf, brachte ein bügelförmiger Mann die erste Lieferung von Bollermann herein: Zwei Zentner Kartoffeln. »Macht fünf Mark.«

Wo die Senkung im Fußboden war, knackte es. Der braune Fußbodenlack bekam das Muster windbestrichener See.

Magdalissimus wollte sich – – die Bibeln – – »Onkel!!« – – Kennacks – Prrracks – Tschsch-Tu – Tsch – Lipp-Wupp – Huihhh – (Fallen).

(Onkel bewohnte im vierstöckigen Geschäftshause eine preiswerte Mansardenwohnung.)

Bum – Kladdera – Bumms –. Mit den tausenden von Büchern mischten sich plötzlich Akten, Schreibmaschinen, junge Mädchen und Tintenfässer. – Nack Nack Nack – Nicks – Pracks – Drucks – Uhüiihh – Bum – Kladdera – Bumms –. Mit den Büchern, Mädchen, Akten, Tintenmaschinen und Schreibfässern vermengten sich plötzlich tausende von Korsetts – lila, weiß, rosa. Krrr – Uiehks – schlitterteklitterte huihhh Bumms. Intimes Interieur. Ganz flüchtig. Ein Arzt schrie auf. Die Geburt eines Zwillings war abgebrochen. Knacks – Huih – Bumms – Bumms – –. Stille – –.

Magdalissimus war so verschüttet, daß sein Kopf eben noch herausragte. Zwei Stunden dauerten die Aufräumungsarbeiten bis zu seiner Befreiung, und gerade so lange lebte er noch. Aber während dieser Zeit sah er dauernd seinen Onkel beflügelt in den Wolken kreisen, einen Fünfmarkschein in der Hand schwenkend, und hörte ihn fröhlich zwitschern.

Kuttel Daddeldu erzählt seinen Kindern das Märchen vom Rotkäppchen

Also Kinners, wenn ihr mal fünf Minuten lang das Maul halten könnt, dann will ich euch die Geschichte vom Rotkäppchen erzählen, wenn ich mir das noch zusammenreimen kann. Der alte Kapitän Muckelmann hat mir das vorerzählt, als ich noch so klein und so dumm war, wie ihr jetzt seid. Und Kapitän Muckelmann hat nie gelogen.

Also lissen tu mi. Da war mal ein kleines Mädchen. Das wurde Rotkäppchen angetitelt – genannt heißt das. Weil es Tag und Nacht eine rote Kappe auf dem Kopfe hatte. Das war ein schönes Mädchen, so rot wie Blut und so weiß wie Schnee und so schwarz wie Ebenholz. Mit so große runde Augen und hinten so ganz dicke Beine und vorn – na kurz eine verflucht schöne, wunderbare, saubere Dirn.

Und eines Tages schickte die Mutter sie durch den Wald zur Großmutter; die war natürlich krank. Und die Mutter gab Rotkäppchen einen Korb mit drei Flaschen spanischen Wein und zwei Flaschen schottischen Whisky und einer Flasche Rostocker Korn und einer Flasche Schwedenpunsch und einer Buttel mit Köm und noch ein paar Flaschen Bier und Kuchen und solchen Kram mit, damit sich Großmutter mal erst stärken sollte.

»Rotkäppchen«, sagte die Mutter noch extra, »geh nicht vom Wege ab, denn im Walde giebts wilde Wölfe!« (Das ganze muß sich bei Nikolajew oder sonstwo in Sibirien abgespielt haben.) Rotkäppchen versprach alles und ging los. Und im Walde begegnete ihr der Wolf. Der fragte: »Rotkäppchen, wo gehst du denn hin?« Und da erzählte sie ihm alles, was ihr schon wißt. Und er fragte: »Wo wohnt denn deine Großmutter?«

Und sie sagte ihm das ganz genau: »Schwiegerstraße dreizehn zur ebenen Erde.«

Und da zeigte der Wolf dem Kinde saftige Himbeeren und Erdbeeren und lockte sie so vom Wege ab in den tiefen Wald.

Und während sie fleißig Beeren pflückte, lief der Wolf mit vollen Segeln nach der Schwiegerstraße Nummero dreizehn und klopfte zur ebenen Erde bei der Großmutter an die Tür.

Die Großmutter war ein mißtrauisches, altes Weib mit vielen Zahnlücken. Deshalb fragte sie barsch: »Wer klopft da an mein Häuschen?«

Und da antwortete der Wolf draußen mit verstellter Stimme: »Ich bin es, Dornröschen!«

Und da rief die Alte: »Herein!« Und da fegte der Wolf ins Zimmer hinein. Und da zog sich die Alte ihre Nachtjacke an und setzte ihre Nachthaube auf und fraß den Wolf mit Haut und Haar auf.

Unterdessen hatte sich Rotkäppchen im Walde verirrt. Und wie so pißdumme Mädel sind, fing sie an, laut zu heulen.

Und das hörte der Jäger im tiefen Wald und eilte herbei. Na – und was geht uns das an, was die beiden dort im tiefen Walde miteinander vorgehabt haben, denn es war inzwischen ganz dunkel geworden, jedenfalls brachte er sie auf den richtigen Weg.

Also lief sie nun in die Schwiegerstraße. Und da sah sie, daß ihre Großmutter ganz dick aufgedunsen war.

Und Rotkäppchen fragte: »Großmutter, warum hast du denn so große Augen?« Und die Großmutter antwortete: »Damit ich dich besser sehen kann!«

Und da fragte Rotkäppchen weiter: »Großmutter, warum hast du denn so große Ohren?«

Und die Großmutter antwortete: »Damit ich dich besser hören kann!«

Und da fragte Rotkäppchen weiter: »Großmutter, warum hast du denn so einen großen Mund?«

Nun ist das ja auch nicht recht, wenn Kinder sowas zu einer erwachsenen Großmutter sagen.

Also da wurde die Alte fuchsteufelswild und brachte kein Wort mehr heraus, sondern fraß das arme Rotkäppchen mit Haut und Haar auf. Und dann schnarchte sie wie ein Walfisch. Und draußen ging gerade der Jäger vorbei.

Und der wunderte sich, wieso ein Walfisch in die Schwiegerstraße käme. Und da lud er seine Flinte und zog sein langes Messer aus der Scheide und trat, ohne anzuklopfen, in die Stube.

Und da sah er zu seinem Schrecken statt einen Walfisch die aufgedunsene Großmutter im Bett.

Und – diavolo caracho! – da schlag einer lang an Deck hin! – Es ist kaum zu glauben! – Hat doch das alte gefräßige Weib auch noch den Jäger aufgefressen. –

Ja da glotzt ihr Gören und sperrt das Maul auf, als käme da noch was. – Aber schert euch jetzt mal aus dem Wind, sonst mach ich euch Beine.

Mir ist schon so wie so die Kehle ganz trocken von den dummen Geschichten, die doch alle nur erlogen und erstunken sind.

Marsch fort! Laßt euren Vater jetzt eins trinken, ihr – überflüssige Fischbrut!

Statt eines Nachworts
Ringelnatz über Ringelnatz

Geboren bin ich am 7. August 1883 zu Wurzen bei Leipzig, und die Neigung zum Schriftstellern, die mich von frühen Jahren an begleitet, habe ich wohl zum Teil vom Vater mitbekommen. In Leipzig besuchte ich sehr vorübergehend ein Gymnasium und erwarb auf einer Realschule das Einjährig-Freiwilligen-Zeugnis. Eine unbändige Abenteuerlust ließ mich den Seemannsberuf wählen. Ich fuhr als Schiffsjunge, Leichtmatrose und Matrose auf Seglern und Dampfschiffen einige Jahre lang nach Süd-, Zentral- und Nordamerika. Afrika, Spanien, Rußland – nach etwa 22 außerdeutschen Ländern. Einige davon lernte ich näher kennen, indem ich mehrmals desertierte und mich dann, meist mittellos, herumtrieb, bis ich irgendwelche Beschäftigung fand. So war ich einmal Verwalter eines recht wilden *Boarding-House*, ein andermal »Schlangenbändiger« in einer Jahrmarktsbude. 1904/5 erledigte ich meine Militärzeit bei der Kaiserlichen Marine. Hierauf absolvierte ich eine zweijährige kaufmännische Lehrzeit bei der Ruberoid-Gesellschaft in Hamburg, die mich dann in Leipzig als Kommis beschäftigte und später von Frankfurt a. M. aus Hessen bereisen ließ. Nebenbei schrieb und zeichnete ich für Reklame. Meine Immatrikulation an der Leipziger Universität mußte ich bald aus pekuniären Gründen rückgängig machen, und nachdem mein unüberwindlicher Wandertrieb mich erfolglos als fahrender Musikant mit der Mandoline nochmals nach Holland, Belgien und England geführt, eröffnete ich in München ein kleines Zigarrengeschäft, das gute Freunde und Mangel an Kapital nach neun Monaten aus dem Gleichgewicht brachten. Ich ging den lustigen, luftigen Weg der Boheme durch die Münchner Künstlerkneipe »Simplizissimus« und beschloß endlich, mich ganz und ernster auf meine Feder zu verlassen. Mein Leben bisher war oft bitter hart und fast immer einsam gewesen; erst später fand ich einige, aber tüchtige, wertvolle Freunde. Ich hatte, durch eigene Schuld, Not und Elend miterlebt. Diese Jahre waren aber auch ungemein interessant und reich an seltenen Bildern und Erlebnissen gewesen. Besonders das weite Meer und das große Weltgetriebe wirkten mächtig ergreifend und anregend auf mich. ...

Joachim Ringelnatz im Diogenes Verlag

1883 in Wurzen geboren, zeigte Hans Bötticher, der sich später Joachim Ringelnatz nannte, schon in der Kindheit Spürsinn fürs Abenteuerliche und Skurrile. Nach der Schulzeit fuhr er vier Jahre lang als Schiffsjunge und Matrose zur See und machte den ersten Weltkrieg als Kommandant eines Minensuchbootes mit. 1920 taucht er in der Münchner Boheme auf und rezitiert im ›Simpl‹ der Kathi Kobus. Dort entdeckt ihn Hans von Wolzogen für seine Berliner Kleinkunstbühne ›Schall und Rauch‹. Entscheidenden Erfolg erringt Ringelnatz mit den *Turngedichten* und den Liedern vom Seemann ›Kuttel Daddeldu‹. Als reisender Artist trägt er überall seine Verse vor und wird zu einem Klassiker des deutschen Humors. 1933 Auftrittsverbot und Beschlagnahme seiner Bücher. Völlig mittellos geworden, stirbt er 1934.

»Jemand schrieb einmal über Ringelnatz: ›Er hat den Stein der Narren entdeckt (welcher dem der Weisen zum Verwechseln ähnlich sieht).‹ Der Jemand war ich, aber die Formel hat trotzdem ihre Richtigkeit. Joachim Ringelnatz war rundherum ein absonderliches Exemplar Mensch, in Erscheinung und Wesen, in seinem Leben und Dichten. Ein Eulenspiegel, wenn auch einer aus Sachsen, mit koboldischer Lust am Durcheinanderbringen von Sinn und Unsinn. Sein Humor hatte eine derbe und eine sublime Seite, und unnachahmlich bleibt die geistige Grazie, mit der er von der einen zur anderen hinüberwechselte.«
Alfred Polgar

»Ein adliger Schwärmer edler Art mit einem Dichterherzen und einem kleinen Vogel im ritterlichen Kopf.« *Hermann Hesse*

»Wer hat so viel Achtung und Liebe vor fremdem Leben, vor der fremden Fülle, der Wichtigkeit der andern, den Mikrokosmen der andern ...?«
Kurt Tucholsky

Das Gesamtwerk in sieben Bänden in Kassette
Herausgegeben von Walter Pape

und auf einmal steht es neben dir
Gesammelte Gedichte

Es zwitschert eine Lerche im Kamin
Gedichte

Turngedichte
Mit Zeichnungen von Karl Arnold

Kuttel Daddeldu
Gedichte

Gedichte und Prosa
in kleiner Auswahl

Die wilde Miß vom Ohio
und andere ungewöhnliche Geschichten. Mit 42 Handzeichnungen von Joachim Ringelnatz

Briefe
Herausgegeben von Walter Pape

Das Ringelnatz Lesebuch
Herausgegeben von Daniel Keel. Mit einem Nachwort von Anton Kuh

Die schönsten Gedichte
Ausgewählt von Franz Sutter und Antje Stählin. Mit einer kleinen Autobiographie des Autors

Sämtliche Gedichte

Meistererzählungen
Ausgewählt von Winfried Stephan

Die Kinderbücher:

Geheimes Kinder-Spiel-Buch
Mit vielen Bildern des Autors

Kinder-Verwirr-Buch
Vom Autor reich illustriert

Das Erich Kästner Lesebuch

Herausgegeben von
Christian Strich

»Dieser Lyriker hat es fertiggebracht, Lyrik in Deutschland wieder populär zu machen.«
Hans Fallada

»Aus einem populären Autor wurde ein satirischer Schulmeister der Deutschen.« *Hermann Kesten*

»Das Zeitgemäße konnte nicht zeitloser gesagt werden.« *Hermann Hesse*

»Kästner gehört dem Stammbaum der unvernebelten Deutschen an, doch im allgemeinen liebt diese Nation die Leichtigkeit nicht sonderlich, sie ist ihr etwas Anrüchiges, sie zieht das Schwere vor. Denke ich an ihn, denke ich an Wieland, Lessing, E.T.A. Hoffmann. Die deutsche Literatur sollte mehr in diese Richtung hin durchdacht werden.« *Friedrich Dürrenmatt*

»Auf die geistige Nachbarschaft zu Lessing stößt man bei ihm allenthalben. Neben und nach Lessing fallen einem Heine, Fontane, Ringelnatz und Tucholsky ein. Manche seiner Gedichte passen in kein Lesebuch und gehörten dennoch in jedes hinein.«
Rudolf Walter Leonhardt

Meistererzählungen der Weltliteratur im Diogenes Verlag

● **Alfred Andersch**
Mit einem Nachwort von Lothar Baier

● **Honoré de Balzac**
Ausgewählt von Auguste Amédée de Saint-Gall. Mit einem Nachwort versehen von Georges Simenon

● **Giovanni Boccaccio**
Meistererzählungen aus dem Decamerone. Ausgewählt von Silvia Sager. Aus dem Italienischen von Heinrich Conrad

● **Anton Čechov**
Ausgewählt von Franz Sutter. Aus dem Russischen von Ada Knipper, Herta von Schulz und Gerhard Dick

● **Miguel de Cervantes Saavedra**
Aus dem Spanischen von Gerda von Uslar. Mit einem Nachwort von Fritz R. Fries

● **Raymond Chandler**
Aus dem Amerikanischen von Hans Wollschläger

● **Agatha Christie**
Aus dem Englischen von Maria Meinert, Maria Berger und Ingrid Jacob

● **Stephen Crane**
Herausgegeben, aus dem Amerikanischen und mit einem Nachwort von Walter E. Richartz

● **Fjodor Dostojewskij**
Herausgegeben, aus dem Russischen und mit einem Nachwort von Johannes von Guenther

● **Friedrich Dürrenmatt**
Mit einem Nachwort von Reinhardt Stumm

● **Joseph von Eichendorff**
Mit einem Nachwort von Hermann Hesse

● **William Faulkner**
Ausgewählt, aus dem Amerikanischen und mit einem Nachwort von Elisabeth Schnack

● **F. Scott Fitzgerald**
Ausgewählt und mit einem Nachwort von Elisabeth Schnack. Aus dem Amerikanischen von Walter Schürenberg, Anna von Cramer-Klett, Elga Abramowitz und Walter E. Richartz

● **Nikolai Gogol**
Ausgewählt, aus dem Russischen und mit einem Vorwort von Sigismund von Radecki

● **Jeremias Gotthelf**
Mit einem Essay von Gottfried Keller

● **Dashiell Hammett**
Ausgewählt von William Matheson. Aus dem Amerikanischen von Wulf Teichmann, Walter E. Richartz, Hellmuth Karasek und Elizabeth Gilbert

● **O. Henry**
Aus dem Amerikanischen von Christine Hoeppner, Wolfgang Kreiter, Rudolf Löwe und Charlotte Schulze. Nachwort von Heinrich Böll

● **Hermann Hesse**
Zusammengestellt, mit bio-bibliographischen Daten und Nachwort von Volker Michels

● **Patricia Highsmith**
Ausgewählt von Patricia Highsmith. Aus dem Amerikanischen von Anne Uhde, Walter E. Richartz und Wulf Teichmann

● **E.T.A. Hoffmann**
Herausgegeben von Christian Strich. Mit einem Nachwort von Stefan Zweig

● **Franz Kafka**
Mit einem Essay von Walter Muschg sowie einer Erinnerung an Franz Kafka von Kurt Wolff

● **Gottfried Keller**
Mit einem Nachwort von Walter Muschg

● **D.H. Lawrence**
Ausgewählt, aus dem Englischen und mit einem Nachwort von Elisabeth Schnack

Jack London

Aus dem Amerikanischen von Erwin Magnus. Mit einem Vorwort von Herbert Eisenreich

Carson McCullers

Ausgewählt von Anton Friedrich. Aus dem Amerikanischen von Elisabeth Schnack

Katherine Mansfield

Ausgewählt, aus dem Englischen und mit einem Nachwort von Elisabeth Schnack

W. Somerset Maugham

Ausgewählt von Gerd Haffmans. Aus dem Englischen von Kurt Wagenseil, Tina Haffmans und Mimi Zoff

Guy de Maupassant

Ausgewählt, aus dem Französischen und mit einem Nachwort von Walter Widmer

Meistererzählungen aus Amerika

Geschichten von Edgar Allan Poe bis John Irving. Herausgegeben von Gerd Haffmans. Mit einleitenden Essays von Edgar Allan Poe und Ring Lardner, Zeittafel, bio-bibliographischen Notizen und Literaturhinweisen. Erweiterte Neuausgabe 1995

Meistererzählungen aus Frankreich

Geschichten von Stendhal bis Georges Simenon. Herausgegeben von Anne Schmucke und Gerda Lheureux. Mit Zeittafel, bio-bibliographischen Notizen und Literaturhinweisen

Meistererzählungen aus Irland

Geschichten von Frank O'Connor bis Bernard Mac Laverty. Herausgegeben von Gerd Haffmans. Mit einem Essay von Frank O'Connor, bio-bibliographischen Notizen und Literaturhinweisen. Erweiterte Neuausgabe 1995

Herman Melville

Aus dem Amerikanischen von Günther Steinig. Nachwort von Hans-Rüdiger Schwab

Frank O'Connor

Aus dem Englischen und mit einem Nachwort von Elisabeth Schnack

Liam O'Flaherty

Aus dem Englischen und mit einem Nachwort von Elisabeth Schnack

George Orwell

Ausgewählt von Christian Strich. Aus dem Englischen von Felix Gasbarra, Peter Naujack, Alexander Schmitz, Nikolaus Stingl u.a.

Konstantin Paustowski

Aus dem Russischen von Rebecca Candreia und Hans Luchsinger

Luigi Pirandello

Ausgewählt und mit einem Nachwort von Lisa Rüdiger. Aus dem Italienischen von Percy Eckstein, Hans Hinterhäuser und Lisa Rüdiger

Edgar Allan Poe

Ausgewählt und mit einem Vorwort von Mary Hottinger. Aus dem Amerikanischen von Gisela Etzel.

Alexander Puschkin

Aus dem Russischen von André Villard. Mit einem Fragment ›Über Puschkin‹ von Maxim Gorki

Joachim Ringelnatz

Ausgewählt von Winfried Stephan

Joseph Roth

Ausgewählt von Daniel Keel. Mit einem Nachwort von Stefan Zweig

Saki

Aus dem Englischen von Günter Eichel. Mit einem Nachwort von Thomas Bodmer und Zeichnungen von Edward Gorey

Alan Sillitoe

Aus dem Englischen von Hedwig Jolenberg und Wulf Teichmann

Georges Simenon

Aus dem Französischen von Wolfram Schäfer, Angelika Hildebrandt-Essig, Gisela Stadelmann, Linde Birk und Lislott Pfaff

Henry Slesar

Aus dem Amerikanischen von Thomas Schlück und Günter Eichel

- **Muriel Spark**
Aus dem Englischen von Peter Naujack und Elisabeth Schnack

- **Stendhal**
Aus dem Französischen von Franz Hessel, M. von Musil und Arthur Schurig. Mit einem Nachwort von Maurice Bardèche

- **Robert Louis Stevenson**
Aus dem Englischen von Marguerite und Curt Thesing. Mit einem Nachwort von Lucien Deprijck

- **Adalbert Stifter**
Mit einem Nachwort von Julius Stöcker

- **Leo Tolstoi**
Ausgewählt von Christian Strich. Aus dem Russischen von Arthur Luther, Erich Müller und August Scholz

- **B. Traven**
Ausgewählt von William Matheson

- **Iwan Turgenjew**
Herausgegeben, aus dem Russischen übersetzt und mit einem Nachwort versehen von Johannes von Guenther

- **Mark Twain**
Mit einem Vorwort von N.O. Scarpi

- **Jules Verne**
Aus dem Französischen von Erich Fivian

- **H. G. Wells**
Ausgewählt von Antje Stählin. Aus dem Englischen von Gertrud J. Klett, Lena Neumann und Ursula Spinner